目次 Contents

弱音ノート
YOWANE NOTE
Secret After School, The Beginning of Love.

1ページ	岩崎 奈緒子	6
2ページ	岩崎 奈緒子	9
3ページ	岩崎 奈緒子	16
4ページ	露木 和弥	19
5ページ	佐伯 良平	25
6ページ	露木 和弥	29
7ページ	岩崎 奈緒子	33
8ページ	岩崎 奈緒子	38
9ページ	岩崎 奈緒子	47
10ページ	露木 和弥	50
11ページ	霧島 梢	52
12ページ	露木 和弥	58

カバー撮影:橋本 敦
モデル:上遠野太洸
　　　中条あやみ
スタイリスト:明石恵美子
撮影協力:吉川由希子
ヘアメイク:山崎由里子
　　　　　（上遠野太洸分）
　　　　　山本麻未
　　　　　（アディクトケース・
　　　　　中条あやみ分）
衣装協力:CONOMi、フェリシモ

13ページ	岩崎 奈緒子	62				
14ページ	岩崎 奈緒子	64		29ページ	岩崎 奈緒子	147
15ページ	岩崎 奈緒子	72		30ページ	露木 和弥	164
16ページ	岩崎 奈緒子	79		31ページ	露木 徹	168
17ページ	岩崎 奈緒子	85		32ページ	岩崎 奈緒子	172
18ページ	露木 和弥	91		33ページ	浜本 佑実	177
19ページ	岩崎 奈緒子	93		34ページ	岩崎 奈緒子	182
20ページ	浜本 佑実	103		35ページ	露木 和弥	186
21ページ	露木 和弥	107		36ページ	岩崎 奈緒子	200
22ページ	岩崎 奈緒子	109		37ページ	露木 和弥	208
23ページ	岩崎 奈緒子	112		38ページ	露木 徹	209
24ページ	露木 和弥	127		あとがき		212
25ページ	岩崎 奈緒子	130				
26ページ	岩崎 奈緒子	133				
27ページ	露木 和弥	136				
28ページ	高居 恵	142				

弱音ノート
YOWANE NOTE
Secret After School, The Beginning of Love.

Kazuya Tsuyuki
露木和弥
奈緒子と同じ高校の
夜間部に通う2年生。
誰にも打ち明けられない
弱音をノートにつづっている。

Toru Tsuyuki
露木 徹
和弥の弟。
両親がいない和弥にとって、
唯一の大切な家族。

Ryouhei Saeki & Masumi Saeki
佐伯良平・真澄
和弥がアルバイトをしている
レストランのオーナー夫婦。

人物紹介
The Characters

Naoko Iwasaki
岩崎奈緒子
高校3年生。
やさしい両親のもとで
何不自由なく育った、
ごく普通の女の子。

Yumi Hamamoto
浜本佑実
奈緒子の幼なじみで、
憧れの存在でもある。
演劇部の部長を
つとめるしっかり者。

1ページ　岩崎 奈緒子

佑実まだかな。
友達を待つ教室は、静か過ぎて寂しい。
高校3年生になって1ヶ月。
受験という言葉とは裏腹に、私は何をしていいのかわからなくなっていた。
目指すものもない。夢もない。
大学に行けという親の言葉にとりあえず従い、勉強の毎日。
こんなんでいいのかな、私。
流れのままに過ごすことは楽だけど、そんな自分に少し落胆する。
思い描いた未来は、いったいどこに消えてしまったんだろう。

ギィ……
小さいロッカー。
金属製の扉が、かすかな音をたてて開いた。
このロッカーは、夜間部のロッカー。
私が通う学校には、定時制の夜間部もある。

ロッカーの扉を閉めに行こうと立ち上がった。
閉めるつもりだったんだよ。
でも……なぜか私は、扉から見えたノートを開いてしまった。
少し、気になってたんだ。
夜間部。
同じ学校だけど、
たまにすれ違う生徒達は、同じ学生には思えなかったから。

《弱音ノート》
【ルール】
書いた弱音は人に言わない。

なにこれ？
弱音を書く、弱音ノート。
気が付いたら、何かに引き寄せられるように、次のページを開いていた。

そこに書いてあったのは、弱音と決意。
読むのに痛みを伴うものだった。
きっとこれは、私が読んでいいものじゃない。
でも、目が離せない。
父親の暴力、離婚に始まり、借金、自己破産、イジメ、学校にも行けないアルバイト漬けの中学生活。

辛すぎる現実に、書いている人の感情が壊れていくのが読み取れる。
それでも……懸命に弟と母親を守ろうとしてる。

作り話じゃないのは、読めばわかる。
生々しい感情が、伝わってくるから。
痛いくらいに。
この人は、ここに書くことで自分を変えようとしてる。
私は、そう感じた。
ほんとにいるんだ。
こんなに強い人……。

こういう話は、テレビや本の中だけの出来事だと感じていた。
私は恵まれてる。
両親は仲良し。
食べ物にも、お金にも、困ったことはない。
なんだか、悪いことをしたわけじゃないけど、自分を恥ずかしいと思った。
ノートの表紙には、露木和弥という名前。
一番新しいページには《眠い》と一言書いてあった。

2ページ

岩崎 奈緒子

罪悪感はある。
人のノートを勝手に見てるんだから。
でも、私はまたロッカーを開けてしまっていた。
鍵がないところに置いておくのが悪い。
……自分の行為を正当化してみる。
誰がどうみても、悪いのは私なんだけど。
私の日常とはちがう、弱音ノートの中の出来事。
憐れみ、同情、好奇心。
どれも私の気持ちとは重ならない。
……唯一重なりを感じたのは、強さへの『憧れ』。

弱音ノートの中身は、弱音だけじゃなかった。
主にバイトの中での失敗を悔やむ内容と、生活の中でのちょっとした反省。
オーダーをミスした。
弟に八つ当たりをした。
寝坊した。
でも、その後には必ず、前向きな言葉が並んでいた。

そしてその言葉たちは、私に大切な気持ちを生んでくれた。

「奈緒、なんかいいことあった?」
「え?」
佑実(ゆみ)はいつも鋭い。
しっかり者の浜本(はまもと)佑実は、
私の幼馴染(おさななじ)みで、演劇部の部長も務(つと)める才女(さいじょ)だ。
静岡県の演劇大会では、佑実の脚本で賞も獲(と)ってる。
勉強はやらないだけで、本当は頭がいい。
そんな風に周りから見られないのは、
その全てが、演劇へと向かっているから。
真っ直ぐに演劇に取り組む佑実の姿は、
眩(まぶ)しくて、羨(うらや)ましくて、いつも私の憧れ。
「なんか最近楽しそうだね」
中学からの付き合いの佑実には、ウソが通じない。
私がわかりやすいのかな?
「勉強も急にやる気になってるし、どうしたの?」
私は今、変身中。
でも、人のノートを盗み見してやる気が出たなんて、とても言えない。
だから、私の返事はこんなおかしな言葉になる。
「いや、頑張りたくなっただけ!」
「なにそれ」
うん……私もおかしいと思う!!
一番の親友は、不思議そうな顔をやめない。

「いいの！」
弱音ノートは、私の背中を押してくれた。

《やれることから精一杯やる》
これは弱音ノートに書いてあった言葉。
何をすればいいのかは、いまだによくわからない。
それでも、あの人みたいに、強くなりたいと思った。
あんなに頑張ってる人がいるんだから。
私も頑張ろうって。

「ふぅん。ま、いいや」
佑実は言葉が少なくても、無理に聞いたりしないし、理解してくれる。
近いのに、少し距離を置く、
そんな佑実の思いやりが、私は好き。
「今日さ、部活遅くなりそうなんだけど」
ほら、もう触れてこない。
「いいよ、勉強して待ってる」
「了解！」
佑実のいつも通りの笑顔を見ながら、
これで弱音ノートを読む時間ができるって……そんなことを考えた。

《眠い》
思わず笑ってしまった。

力ない薄めの色をした文字は、今日も昨日と一緒。
相当眠いんだろうな……。
やっぱりバイトで忙しいのかな。
ノートの内容から読み取れたのは、新聞配達、引越し屋、ウェイター、ダンスを教えていること。
ノートを読んでいると、この人本当に同じ高校生？って疑いたくなる。
どのページを開いても、いつも忙しそうだし。
そもそも、普通の高校生がダンスを教えるって、そんな仕事あるのかな。
悪いとは思いながらも、いつの間にか弱音ノートを読むのは、私の日課になっていた。
これ、読んでるのバレたらどうなるかな。
……やっぱり、怒るよね？
私だったら、絶対に読まれたくない。

ノートの世界に入り込むように読んでいたせいか、
廊下から聞こえる足音に気付いたのは、教室の扉から人影が見える少し前だった。
ヤバッ!!
とっさにノートを手にしたまま、教壇へと隠れた。
まだ夜間部が来るには早い時間。
それなのに、さっき一瞬見えたのは、私たちとは違う制服の人だった。
たぶん、夜間部の人。

あぁ……どうしよう……ノート持ったままだし。
頭の中はパニック。
この状況、どうしたら抜け出せる?!
さりげなく立ち上がって、ロッカーにノートを戻す!
………どう考えてもおかしいよね。
教壇から出てくる時点で怪し過ぎる。
ガタガタとなにか整理する音が聞こえたあと、椅子を引きずる音が聞こえた。
そして、静寂。
なにをしているかはわからないけど、物音ひとつしない。
なにも思い浮かばないまま、教壇から見える壁掛けの時計は音も立てずに進んでいった。
そして、時計の針が10分経ったことを知らせ、さらに進もうとする。
うーん……。
このままいたら、夜間部が始まるまでこのままかも……。
音のしない教室で、じっとしているのもそろそろ限界。
縮めた身体も痛いし。
あ～も～……どうにでもなれ!!
半分ヤケになって、教壇から出ていこうと思った時、
規則正しい息遣いが耳に届いた。

あれ? もしかして……。
ゆっくりゆっくり、音を立てないよう教壇から後ろを覗き込む。

見えたのは、机にうつ伏せになっている男の人。
寝てるみたい。
起きない……かな？
しばらく様子を見て
上履きのゴムが擦れないよう、そ〜っと、優しく床に触れる。
一歩、一歩、ゆっくりと教室の中を進む。
ロッカーまで、あと少し。
これを返さないと、露木さんに見てるのがバレてしまう。
ロッカーまで来た‼
ガタッと机が動く音がして、私の体がビクッと反応する。
お、起きた？
いや……寝てる。
頭の向きを変えたのか、さっきまで隠れていた顔が見えた。
年上、かな？
大人っぽいし、カッコイイ……。
夜間部なら、年が上の人もいるだろうし。
いや……だから……それどころじゃない。
早くノートを返さないと。
ゆっくりと開けたロッカーは、金属が擦れる音を小さく発した。
後ろの人は、それでも起きない。
よし！
……あれ？
覗き込んだロッカーの中は、さっきより教科書が増えてい

た。
増えた数学の教科書には、露木和弥と書いてある。
私がこのノートを取ってから、教室に入って来た人は、後ろで寝ているこの人だけ。
っていうことは……この人⁉
焦（あせ）りと嬉（うれ）しさでぐちゃぐちゃになりながら、私はノートをロッカーに返して教室を出た。
あの人が、露木和弥？
あの人が、弱音ノートの持ち主……？
むやみやたらに鳴り響く心臓がうるさい。

3ページ

弱音ノートを盗み見し始めて2ヶ月。
1ヶ月前から、ノートの弱音の中身が変わってきてる。

1ヶ月前
《母さんがいなくなった。
徹(とおる)を守れるのは俺だけ。
なんで俺たちを置いていったんだよ。
子供のことも考えろよ。
ふざけんなよ。》

2日前
《誰か、俺に教えてくれ。
何が正しい？
どうしたらいい？》
お母さんがいなくなったことはわかった。
でも、なんでいなくなったのか。
何を悩んでいるのかは、わからない。
断片的な言葉しか書き込まれていない弱音ノートは、露木

さんの出来事をしっかりと伝えてはくれない。

一番新しいページを開く。
《全てを投げ出して、消えてしまいたい。
今すぐに。
どうしてだろ。
漠然とした不安が消えなくて、苦しい。
俺が働いてれば、生きていける。
何も不安に思うことなんてないはずなのに。
ふとした時に、飲み込まれそうになる。
押し殺してないと、壊れそうだ。
もしかしたら、母さんも、今の俺と同じだったのかな。
誰か…助けて…っているわけないか。
ここに書いたから、誰にも助けは求めない。
そうやって今までやってきた。
誰にも頼らない。
大丈夫。
俺なら、大丈夫。
俺は、母さんみたいにはならない。
絶対に、徹を幸せにするんだ。》

涙が、溢れてきた。
我慢しようとしても、止まらない。
溢れる涙をノートに落とさないように、慌ててハンカチを
取り出した。

何度読み返してみても、何があったかはわからない。
浮かんでくるのは、苦しそうな姿だけ。
でも、この人が、これほど傷付く出来事があったんだ。
あんなに強い人が、思わず誰かに助けを求めてしまうような、なにかが。
――助けたい。
心の底から、そう思った。
でも、私は……友達でも、知り合いでもない。
なにひとつとして、接点がない。
どうしたらいいんだろう。
どうすれば、この人を……。
考えても考えても、私にできることは見つからない。
私には、なにもできないのかな……？

4ページ
露木 和弥

YOWANE NOTE

まだ外は明るい。
流れる空気がまとわりつく。
毎年暑くなる時期が早くなってる気がするのは、周りの言葉に影響されているからだろうか。

学校への道は、下校中の生徒の声で華(はな)やいでいる。
この雰囲気の違いは、どこからくるんだろう。
同じ年、同じ学校とは思えない。
人のせいなのか、
夜という時間のせいなのか。
年は同じでも、こんなにも違う。

下校中の生徒達の中から、視線を感じた。
学校への一本道を、周りの流れに逆らうように歩くと、物珍しく見てくる人はたくさんいる。
まるで見てはいけないものを盗み見するように、ね。
目が合えば逸(そ)らし、なにもなかったように友達に話しかける。

嫌なら見なきゃいいのに。

どこか嫌な感じがする視線。
いや、それは俺の思い込みかな。
絡みつく視線に苛立ちを覚えながら、それを捉える。
いくつか感じる視線の中に、強気で臆することのない視線があった。
それは、真っ直ぐな視線で俺を捉えて離さない。
思わず、俺が目を逸らす。
なんだ？
知り合い？
いや……記憶は彼女を探すことすらしない。
あの子が知り合いなら、俺は絶対忘れない。
貫くような視線は、俺を強く惹きつけるものだったから……。

誰もいない教室。
働くことに慣れ過ぎたせいか、この場所にいる自分が異物のように感じてしまう。
いつになれば、ここは俺の場所になるんだろう。
小さなロッカーを開け、一冊のノートを取り出した。
たったそれだけで、身体がだるさを訴える。
さすがに疲れが抜けない。
そろそろ限界かも。
だからこそ、今日はいつもより早く学校に来た。

少しノートを読むために。

使い古したノートは
『弱音ノート』
これは自分を強くするために書いているノート。
誰も、助けてはくれなかったんだ。
お金に困り、食べ物もまともに食べることができない。
両親も親戚も当てにできない。
そんな時に学んだ。
自分でどうにかするしかないって。
頼りない大人たちを待てるだけの余裕も、弱さも、あの時の俺にはなかったから。
だから、弱音をノートに書いて、自分に言い聞かせた。
人に頼るな。
強くなれ。
やれるだけのことをやるんだって。

ここ１ヶ月は働き過ぎた。
いつものウェイター、新聞配達に加えて引っ越し、イベントの手伝いやダンスのインストラクター。
睡眠は毎日３時間。
でも、おかげで今は気を紛らわすことができている。

１ヶ月前、母さんはあっけなく死んだ。
それも普通の死に方じゃない、自分で望んで死んだんだ。

なんでこうなったのか。
考えた。
でも、出てくる答えは、どれも後から付け加えた言い訳のようにしか聞こえない。

俺は、母さんを守れなかった。
これが現実。
変えることも、
消すこともできない。
泣き叫ぶことは、しなかった。
感情が壊れていくのも、見てみないフリをした。
俺は、潰(つぶ)れてなんていられないから。
なにがあっても、俺は強くい続けないといけないんだ。
弟の徹が、いる限り。

ロッカーの前で重たい腕を動かし、取り出したノートを開く。
《無理しないでください。》
バンッ
思わず、ロッカーの扉を閉める動作が乱暴になる。
《あなたの弱音を見せてください。》
誰かに見られた。
弱音ノートを。
《私は、あなたの弱音ノートで一歩前に進むことができました。》

失敗した。
誰も使ってない夜間部のロッカー。
ここなら誰にも見られないと思っていたのに。
《ノートに、私に弱音を吐いてください。》
家には持って帰れない。
《少しは気が楽になるかもしれないから。》
こんなノート。
白紙のはずのページに、見たことのない少し丸みを帯びた文字。
なんか……だんだん腹立ってきた。
何勝手に人のノート読んでるんだよ。
《無理しないでください。》
なんなんだよ、こいつ。
ふざけんなよ。
勝手に読まれた怒り。
それとは別に、受け入れ難い感情が芽生える。
一粒……頬をつたってから、自分が泣いているのに気付いた。
突然投げかけられた、優しい言葉。
これを書いた人は、言葉を慎重に選んだんだろう。
「頑張れ」とか、安易な励ましの言葉じゃない。
俺を思いやっての言葉だ。
こぼれるものを止めようと、泣くな……泣くなと言い聞かせる。
母さんが死んだ時も、泣かなかった。

弱音は人に吐かない……そう決めたんだ。
だから、泣いちゃダメなんだ。
何回も、何回も、自分に言い聞かせた。
それでも、涙は止まらない。

振動する携帯。
着信画面が涙で歪む。
アルバイト先を示す文字が表示された。
「今日出れない？
人足らなくて」
出る前からだいたい想像はついていた。
どうせ誰かが急に休んだんだろう。
「いいですよ。
何時からですか？」
「できるだけ早く」
相当困ってるらしい。
椅子から立ち上がって、意識的に大きく、目を開く。
「今からすぐに行きます」

5ページ

慌(あわ)ただしい厨房(ちゅうぼう)の中。
和弥への電話を切る。
「和弥君、どうだった？」
「来てくれるって」
「良かったー」
妻の真澄(ますみ)は安堵(あんど)の声を上げた。

「よろしくお願いします」
子供らしくない中学生。
それが、和弥の第一印象だった。
4月からすぐに働きたいからと、3月に面接に来た中学3年生の和弥。
そんな風に働こうとする奴は今時珍しいから、よく覚えてる。
「なんでうちを選んだの？」
「時給が良かったからです」
その言葉は正直過ぎて、思わず笑いそうになった。
表情は、よそいきのモノで隙(すき)がない。

25

背伸びをしている風には見えないことが、俺は不思議だった。
これぐらいの年齢の男の子だったら、自分を良く見せようとする部分が見え隠れするものだが、この子にはそれがない。
「じゃあ、どれぐらい働きたい？」
「学校と新聞配達以外の時間、入れるだけ入らせて頂きたいです」
お金が欲しいのはわかったが、どうしてここまで。
「なにか、欲しいものとか、やりたいことがあるの？」
何か、目的があるのかと思った。
欲しいもの。
もしくは、お金が必要な夢。
夢を持った人間が、俺は好きだった。
自分自身の夢が、この店だから。
「いえ、特にないです」
「じゃあ、お金はなにに使うの？」
普段なら、ここまで深くは聞かない。
しかし、和弥の纏った空気が俺に聞かせたんだ。
「生活費です」
高校生で、生活費、ね。
珍しくはない。
片親の増えた今の時代。
親を助けようとバイトをする高校生は少なくない。
定時制の高校に通うならなおさらだ。

そんな理由は、珍しくもなんともない。
しかし、俺は和弥を落とすつもりでいた。
礼儀正しいのはいいが、目が死んでいたし、なにより元気があるようには見えなかったから。
しかし、俺の思惑とはちがい、妻の真澄は、
「あの子は取ってね」と言った。
今となっては、それは正しい判断だったんだと思う。
今じゃ全てを任(まか)せてもいいと思えるほど立派な仕事ぶりだ。
仕込みを進めながら、真澄に聞いた。
「真澄、お前、なんであの時和弥を取れって言ったんだ？」
周りを見渡して、人がいないことを確認してから真澄は言った。
「真面目で、壊れそうに見えたから。
もったいないでしょ？」
壊れそう……か。
「一生懸命やる子に見えたし。
あと……いつもね、見かけてたのよ。あの子」
「どこで？」
「買付けに行く時、毎朝５時くらいかな。
新聞配達している横を通り過ぎるの」
「それは、別に普通だろ」
中学生でも、新聞配達をしてる奴だっている。
「７年ぐらい前から、毎日でも？」
７年？
確か、あいつは今、高校２年生。

27

「小さい子だな、とは思ってたけど、あの頃はまだ小学校3、4年生だったのね」
小学生の頃から働いてる？
そんなことは一言も言ってなかった。
それに、そんなことできるのか？
「それ、本当に和弥か？
ちがう奴じゃないのか？」
「ちがわない。間違いないわよ。
お願いだから、変なこと聞いて和弥君辞めさせないでよ。
大事な従業員なんだから」
「わかってるよ。
だけど、小学生から新聞配達なんてできるのか？」
「露木君の家は複雑そうだから。
それに、今の露木君からすればやっててもおかしくないわよ」
確かに真澄の言う通り、あいつならやってしまいそうだ。

露木 和弥

YOWANE NOTE

黒のパンツに、真っ白なシャツを身に纏い、大きな鏡の前に立つ。
制服に汚れはない、靴も綺麗。
あとは……気持ちだけ。
鏡の中に映る自分の目を見て、確認する。
まだ大丈夫なことを。
……いつからだろう。
鏡を通してでしか、自分を覗けなくなったのは。

着替え終わると、フロアに入る。
落ち着いた店内と、オーナーの料理はいつも通りフロアを人でいっぱいにしていた。
「ありがと、助かる。学校大丈夫？」
俺の到着を待っていたのか、真澄さんがフロアに出てきて話しかけてきた。
「大丈夫です。オーダー頂いてきます」
むしろ、呼んでくれて助かった。
あのままだと感情が抑えられないままだったから。

働いてる間は、何も考えなくていい。

フロアを見渡すと、珍しい常連客が席に着くところだった。
ここで働き始めた頃からの常連さん。
俺の初めての接客は、この岩崎さん夫婦だった。
覚えたてのメニューに慣れない作業。
俺はいっぱいいっぱいになっていた。
ワインを注ぐ手は震え、
カタカタと音を立てた。
そんな俺に奥さんは
「一生懸命やってくれてありがとう」
と言ってくれた。
あの時のことは、きっと一生忘れない。

「岩崎さん、いつも御来店ありがとうございます」
意識して、姿勢よくお辞儀する。
「露木君、久しぶりだね」
「はい、岩崎さんもお元気そうでなによりです。
今日はお二人ではないんですね」
そう言いながら見た女の子は、今日学校に行く途中に見たあの子だった。
驚きの色を帯びながらも、見開いた目はあの時と同じように、俺をしっかりと捉えていた。
この子、知り合いじゃないよな…？
本日二度目の確認。

身長は、座っているからわからない。
さらさらロングで
小さい顔に大きな瞳が印象的……可愛いというよりは美人系。
透明感のある雰囲気は、お母さん似なんだろう。
「この子は娘の奈緒子だ。
今日は誕生日だから連れてきたんだ」
「そうなんですか⁉
それはおめでとうございます。
おいくつになられたんですか？」
「18よ。
そろそろこういう素敵なお店も経験させようかと思ってね」
一歳上か。
見た目だけだと、年上には見えない。
「そんな大切な日に、当店を選んで頂きありがとうございます」
体の向きを直して、奈緒子さんに自己紹介をした。
「初めまして、ここでウェイターをしている露木といいます。本日は、お誕生日おめでとうございます」
「……あ……ありがとうございます」
この子はなんなんだろう。
不思議な目で俺を見る。
何か言いたそうな感じ。
「露木！」

他のウェイターから声がかかった。
「少し喋り過ぎました。
ご注文が決まりましたら、お声がけください。
あ、ケーキを僕のほうでサービスさせて頂くので、注文しないでくださいね！　では、失礼いたします」
もう一度頭を下げ、呼ばれた方向へゆっくりと大きく歩く。
遠慮がちな彼女の笑顔が、頭の中を巡った。

7ページ

岩崎 奈緒子

……書いちゃった。
つい……。
だって……
助けたかった。
少しでも。
何を悩んでいるのかはわからないけど、一人で抱え込まないでほしかった。
ノートを見ていると、露木さんが潰れてしまうんじゃないかと思ったから。
赤く染まった教室の中。
ノートをロッカーに片付けて、自分の席に座る。
露木さんの席はどこなんだろ。
ここかな？
前に寝ていた、隣りの机に触れてみる。
どんな風に授業受けてるのかな？
眠いから、いつも寝てるのかな？
前に見た寝顔を思い出し、顔が緩む。
カッコよかったな、露木さん。

ガラガラ

教室の扉が、勢いよく開かれた。

「何ニヤニヤしてんの？」

そう言いながら、佑実もニヤニヤしながら教室に入ってきた。

慌(あわ)てて緩む顔を引き締める。

けど……顔は真っ赤になっていくのがわかる。

「な、なんでもないよ！　もう帰れるの？」

「帰れるよ。何考えてたの？」

話題をわざと変えたのに、なおも追及は続く。

「なんでもないよ」

「ふ～ん……怪しいけど、まぁいいや。

はい、これ」

佑実は近付きながら、鞄の中から何かを取り出した。

「誕生日おめでとう！」

水色の小さな箱とメッセージカードが、私の前に差し出される。

「覚えててくれたんだ。ありがとう！」

「当たり前でしょ！　高いやつじゃないけど、デザインが少し変わってて可愛いから、きっと奈緒に似合うよ」

「開けていい？」

「どうぞ」

結ばれたリボンの端を持って、横へと引っ張る。

結び目がほどけて、箱が解放された。

「可愛い！」

中に入っていたのは、腕時計。
文字盤は黒で、数字は水色。
少しハートを散りばめた、アンティーク風。
「喜んでもらえて良かった。
奈緒が腕時計してるの見たことなかったから」
さすが佑実。
センスがいい……というより、私をわかってる。
可愛いだけじゃなくて、カッコイイし、
水色の数字が、私の好みを熟知してる。
「着けてもいい？」
「どうぞ」
さっそく箱から取り出し、手首に巻いて目の高さまで持ち上げた。
それを見た佑実は、満足そうに笑う。
その姿に、今日二度目の「ありがとう」を、私は心の中でつぶやいた。

部活帰りの生徒で賑わう、いつもの帰り道。
ふたりの影が、長く伸びていた。
「夜間部ってさ、何時頃まで授業やってるのかな？」
なんとなく思い付いた疑問を、佑実にぶつける。
「ん？　なんで？」
「いや、特に意味はないんだけど」
そこを深く突っ込まれると、うまく返すことができない。
横を見なくても、佑実が不思議そうな表情をしてるのがわ

かる。
あ……。
「本当に？　最近……」
佑実の声は、道の先に見える露木さんによって意識の外に押し出された。
帰る私たちとは逆に、ひとり学校へと歩く露木さん。
前見た時より痩せているように見えるのは、気のせい？
「奈緒、どうしたの？」
目が合ってしまった。
目が離せない、視線が、絡まる。
っていうか……なんか怒ってない？
「奈緒‼」
佑実の声に、無理矢理意識が引き戻される。
「はい！　なに？」
でも、私の目は露木さんを追い続けた。
「あの人知り合い？」
「知らないよ」
「ふ〜ん、奈緒はああいう人がタイプなんだ」
露木さんの姿は通り過ぎ、振り返らないともう見えない。
「なんでそういうことになるの？」
「だって、知り合いでもないんでしょ？
ず〜〜〜っと見てたよ？　確かにカッコいい人だったけど」
「私は、見た目だけで人を好きになったりしません」
「知ってる。もったいないよ。
この間、奈緒に告白してきた2年生の子なんてめちゃくち

ゃ競争率高い子だったし」
「競争率って……」
「片思い？」
「だから、そんなんじゃないから」
否定しながら、佑実の言葉に心臓が大きく動いた。

8ページ　岩崎 奈緒子　YOWANE NOTE

弱音ノートに出てくるレストラン。
その場所に、私は今いる。

両親が誕生日に連れて来てくれたのは、お洒落なレストラン。
大人の雰囲気で、私には少し居心地が悪い。
そんなことはどうでもいい。
いや……よくないんだけど、せっかく連れてきてもらったんだし。
でも、私の中は、視線の先にいる露木さんでいっぱいになってしまっていた。
「本日は、お誕生日おめでとうございます」
私に向けられた、その柔らかい笑顔は、想像していた露木さんの印象とは全然ちがっていた。
思っていたよりも、温かくて、優しくて、カッコよくて。
目を合わせて、ぎこちない「ありがとうございます」を言うのが精一杯だった。

この店の雰囲気によく合う露木さん。
あの人の流れるような作業に、目が惹かれる。
どうやら両親はここの常連らしい。
しかも露木さんと仲良しみたい。
なんか……悔しい……。
元気が無さそうに見えるのは、私があのノートを見てるせいかな？
「お母さん、露木さんっていつもあんな感じ？」
思わず口にしたが、すぐに後悔する。
「何？　露木君が気になるの？」
身を乗り出し、全然違う方向に話を持っていこうとするお母さん。
しまった。
失敗した。
「いや、別に……元気ないように見えただけだから。忘れて」
「聞いてみようか？　彼女いるかどうか！」
「だから、違うってば！」
「ふぅん。お母さんは露木君みたいな人がいいな～」
お母さんは、ニコニコととんでもないことを言う。
人の気も知らずに……。

お母さんの言葉を意識してしまったのか、私の意識は露木さんばかりに向かってしまう。
「お手洗いに行ってくる」

そう言って、お父さんが席を立った。
接客をする露木さんの表情は、穏やかな笑顔で、
学校の男子とはどこかちがう。
なにが、クラスメイトたちとちがうんだろう。
「そんなに見てると、好きになっちゃうわよ？」
「なにそれ」
「露木君は、お母さんのオススメだから」
それは、私が好きになる理由にはならないと思うけど。
「あんなにイイ子、いないと思うわよ。
見た目もカッコイイけど、中身もカッコイイから」
お母さんは、露木さんのなにを知ってるんだろう。
ノートを見てる分、私のほうが露木さんのことを知っていると思うのは、間違いなのかな。
「どんな人なの？」
「なに？　興味出てきた？」
「うん」
「教えない」
「えぇ〜！」
自分から話振ってきたくせに。
「知りたかったら、デートにでも誘えば？」
またメチャクチャなことを……。
「私、受験生なんだけど」
普通親だったら、恋愛より勉強しなさいって言うところじゃない？
「私は、受験生だから恋愛しちゃダメなんて言わないわよ。

それに、露木君だったら家に招待したいし」
最後の言葉が本音？
「あ……残念、恋バナはおしまいね」
お母さんがそう言うと、お父さんがこっちに戻ってくるのが見えた。
「なにか進展あったら教えてね」
さっきまでとちがって、お母さんの表情は笑顔だけど、からかうような雰囲気は消えていた。

「奈緒がもう18歳か。早いわね」
早い遅いは、私自身よくわからない。
「本当だな。まだ、子供だとばかり思っていたのにな」
幼い頃は、早く大人になりたいと思っていたけど、
今は、もう少しこのままでいたいと思う。
あの頃に描いていた自分の姿とは、少しちがうから。
ひとつ、年を重ねるごとに自分は成長して、
なにかを得ていくんだと思ってた。
そして、自分の中に何かを見つけて、それに向かって生きていくんだって。
現実は、外見ばかりが大人に近付くだけで、中身はどこが変わったのかわからない。
視界の片隅に、露木さんが映った。
あの人みたいに、強くなれたら、
今見えてる景色とは、ちがうものが見えてくるのかな。

料理はきっと、美味しかったんだと思う。
たまに近付く露木さんのせいで、味なんて全然わからないまま、誕生日ディナーは終わってしまった。

「失礼します」
露木さんの手で、テーブルにそっとケーキが置かれた。
ケーキに描かれた、
《お誕生日おめでとうございます》
《おめでとうございます》の文字だけ、見たことのある文字の形をしている。
「指摘される前に白状します。
最後の文字は僕が書きました。
下手ですけど、許して下さい」
「あら、そうなの？」
お母さんがケーキを覗き込む。
「漢字は難しいので、最後のところだけですけどね」
「確かに、上の文字と下の文字が違うわね」
「言わないで下さい。味は美味しいですから！」
切り分けられたケーキの《おめでとう》という文字が、私の目の前に置かれる。
いつも見ているノートとは違う。
露木さんが私に向けて書いた、初めての言葉。

「ありがとうございました。
またの御来店をお待ちしております」

見送りをしてくれる露木さん。
その表情は、文句のつけようもない、さわやかな笑顔。
それなのに、そんな露木さんを見て、私は哀(かな)しくなった。
弱音ノートに書いてあった苦しみ。
その笑顔の下に隠した弱音を思い出して、私は泣きそうになってしまった。

初めて見た、露木さんの働く姿。
その光景を思い出しては、──苦しくなる。
ノートに書いてあったことは、現実だって理解していたつもりだった。
十分過ぎるほど、その感情は伝わってきたから。
だけど、やっぱり、ちがった。
私は、わかってなんかいなかった。
わかったつもりになっていただけだった。
実際に働く姿を見て、
あのノートの出来事は、全部現実で、
あの人が経験してきたことなんだって、改めて思うと、
息ができないくらい苦しくなった。
わかったつもりでしかないのは、きっと今でも変わらない。
……露木さんの気持ちなんて、きっと……誰にもわからない。

──強くなりたい。
露木さんを支えられるくらい、強く。

家のウッドデッキで横になった私は、ぼんやりと空を眺めていた。
吸い込まれてしまいそうな、夜空。
どこまでも続く圧倒的な空間は、ちっぽけな私を飲み込んでしまいそうに感じる。
露木さんは、こんな風にして、どれくらいの夜をひとりで過ごしたんだろう。
どんな気持ちだったのかな?
「そんなところで寝転がって、なにしてるの?」
声が聞こえたあと、お母さんの顔が視界の片隅に入った。
「星の観察」
説明なんてできないから、適当に答えた。
「ふーん。気持ち良さそうね。
お母さんもやろ」
そう言うと、お母さんは本当に私の横で寝転がった。
「うーん、気持ちいいー」
弱音ノートにあったんだ。
こうしていると、強くなれる気がするって。
ノートに書いてあった通り、見上げた空の大きさが、自分の小ささを教えてくれる。
これ、気持ちいいけど、私には向いてないみたい。
行き着く先の見えない空は、どこまでも続いてそうで、ずっと見ていると怖くなる。
自分が、消えていなくなっちゃいそう。
「気持ちいいね」

「うん」
「ねぇ……なんかあった？」
こぼれた涙は、お母さんが来た時には拭いていた。
見られては、いないはず。
それなのに、お母さんは見透かしたように聞いてくる。
「別に、無理に言わなくてもいいわよ。
いつでもいいから……言いたくなったら言って」
私は、本当に恵まれてる。
お母さんの優しい言葉が、私を刺激して、涙が溢れた。
だって、露木さんにはいなかったんだよ。
こんな風に、そばにいてくれる人が。
ずっと……ずっと、いなかったんだよ。
ひとりで泣いて、
ひとりで頑張って、
ひとりで……苦しんでたんだ。
私には……わからない。
どうして、あんなに強いのか。
どうすれば、あんな風になれるのか。
どうして……。
「急に泣いて……どうしたの？」
お母さんは、そっと触れるように私に話しかけた。
心配してくれているのが、よくわかる。
「つよく、なりたい」
「つよく？」
ぽろぽろと、止まることなく涙がこぼれる。

「どうしてそう思うの？」
「――助けたい人が、いるの」
「……そっか。
……奈緒子にも、そういう人ができたのね」
「そういう人、お母さんにも、いるの？」
「いるわよ。目の前にも、家の中にも、ね」
横を向くと、お母さんが優しい笑顔で私を見ていた。
「大丈夫よ。奈緒子は強くなれる」
「どう……して？」
「あなたは、私の子だから。
大丈夫。その人を想ってたら、奈緒子は強くなれる」
根拠のない言葉でも、お母さんが言うと本当のことのように聞こえてくる。
「お母さん戻るから。
落ち着いたら入ってきなさい」
そう言って、お母さんは家の中に入って行った。
もう一度見上げた空は、星と月が、明るい光を放って、さっきとは少しちがって見えた。

9ページ
岩崎 奈緒子

YOWANE NOTE

ノートの一番新しいページには昨日と同じ、私の言葉。
見てないのかな？
昨日バイトしてたし……。
それとも、見たけど何も書かなかったのかな？
勝手に見たから、やっぱり怒ってる？

少し考えて、深呼吸。
考えてもわからないから、一歩踏み出すと決めた。
露木さんが、このノートに向き合う姿を想像しながら、
一番新しいページを開く。
そして、もう一度書き込む。
《突然、勝手に書き込んですみません。
私は、ナオといいます。
今日は私の弱音を書きます。
私には、親友がいます。
大好きで、大切な、友達です。
でも、彼女に対して、私はコンプレックスを抱いています。
彼女は、やりたいことがあって、いつもそれに向かって努

力してるんです。
見ていて眩(まぶ)しくなるくらい、本気で取り組むんです。
その姿を見るたびに、羨(うらや)ましくて……悔(くや)しくて……。
私には、そんな風にやりたいことはないから……不公平だなって思ってました。
なんで、私にはなにもないんだろうって。
私だって、やりたいことさえあればって……。
でも、ノートを読んで当たり前だなって思いました。
『踏み出せ、見ているだけじゃ何も変えることはできないから』
露木さんのこの言葉で、気付いたんです。
羨むばかりで、私はなにもしてなかったんだなって。
全部受け身で……人のことを羨んで。
踏み出すことのできないのは、自分のせいなのに……。
ずっとこのままは嫌(いや)だから、私は、一歩踏み出すことに決めました。
頑張ってもきっと、私は露木さんのように強くはなれないと思います。
でも、とりあえず目の前にあることを、一生懸命やることにしました。
まだ何も見つかっていないけど、何もしないよりは、いいですよね?

長々と、勝手に書き込んでごめんなさい。
どうしても、あなたに聞いてほしかったんです。

PS.もしよかったら、時々、弱音ノートに私の弱音も書かせてくれませんか？
そして、あなたの弱音も、見せてください。
少しは、楽になれるかもしれないから。》

一気に書き終えた。
自分で読んでもおかしいと思う。
なんだコイツって思われるんだろうな。
露木さん、返事くれるかな。

10ページ　露木 和弥　　YOWANE NOTE

今日最後の授業の中で、弱音ノートを開き見つめる。
授業の音は、意識の外側に追いやった。
ノートの言葉は、昨日より増えてる。
ナオ……ね。
ご丁寧に名前まで書いてるし。
これって本名かな。
ふと、真っ直ぐな視線を思い出す。
だが、すぐにその考えは打ち消した。
岩崎奈緒子
確かに、名前はナオを含んでる。
だけど、普通そんな安易なことはしない。
少なくとも、俺なら絶対にやらない。

ノートに書かれていたのは、ナオの弱音。
それは真っ直ぐな言葉。
友達を羨み、妬む。
さて、どうするかな。
「露木君は授業終わっても残っててね」

弱音を見せてと言われても、そんな簡単に見せれない。
そうやって生きてきたし。
確かに弱音を聞いてもらうと楽になったように感じる。
実際、昨日に比べて今日は気分が良かった。
なんにも解決はしてないんだけど……。
このノートどうするかな?
自分への問いかけは、答えに辿り着かないまま消えていく。
時計の針より一足早く、チャイムが鳴った。
考えるのをやめて、今日はノートを持って帰ろうと決め、鞄に入れる。

教室を出ようとしたところで、腕を強く掴まれ立ち止まった。
「ちょっと! なんで帰ろうとするのよ」
握られた腕の先には、俺を睨みつける霧島先生。
「授業は終わりましたよね?」
一応確認。
あ……先生の顔が呆れ顔に変わっていく。
そこでようやく自分が何か言われたんだと気付いた。
「なんでしたっけ?」
「冊子作るの手伝いなさい」

11ページ 霧島　梢(こずえ)

YOWANE NOTE

高校生という時間。
私にとってそれは、心の底から子供でいられる最後の時間だった。
部活に、友達に、恋人。
今思い出してみても、ちょっと背伸びして、大人ぶってる自分の姿しか思い出せない。
当の本人は、とっくに一人前のつもりだったんだから、笑っちゃう。
実際は親に守られ、学校に守られ、自立なんて言葉とは反対側の場所に立っていたのに。

ここの生徒たちや、露木君を見ていると、いかに自分が甘ったれていて、いかに恵まれた環境で育ったかがわかる。
生徒たちがこの学校に来た理由は、不登校だったり、素行が悪かったり、昔は高校に通えなかったとか、人それぞれだけど、一番複雑でどうしようもないのが、露木君みたいな家庭環境によるものだ。
私がこの学校に採用された時には、ベテランの先生に『深

く踏み込まないで、広く浅くを心がけなさい。大変だし、やっても報われないから』なんて言われた。
この時は正直、だったら教師なんて辞めればいいのにって思った。
でも、半年経ったあたりから、この人の言葉がよくわかるようになってくる。
いくら熱心に話しかけようと、生徒たちは平気で学校をサボるし、授業中でもケータイで話し出す。
いくら注意しても、聞いてはくれない。
本当に、無駄なんだと思い知った。
そして、その中の一人が露木君だった。
いくら注意しても、授業はサボるし、授業に出たかと思えば途中でケータイを持って教室の外で話を始めるし、戻ってくれば寝るし。
そして私は、少しずつ、自分の熱が下がっていくのを感じていた。
もうどうでもいいと思い始めた頃、露木君が私に話しかけてきた。
「すみませんでした」って。
もうその時には謝られても私の熱は上がってこなかった。
どうせ、その場限りの言葉だと思ったから。
でも、そうじゃなかった。
私が、彼を知らないだけだった。

学校を仮病で休んで行った合コン。

その中で、結構なイケメンで、経済力もありそうな濱田っていう男がいた。
誘われるがままに行ったレストランには、いつもとは違う露木君の姿。
初めは『バイトしてるんだ』ぐらいにしか思わなかった。
しかし相手の男性が料理を褒めようとオーナーを呼び出した時に、なんとなく露木君のことを聞いた。
すると、露木君の行動が、私の中で繋がった。
若くもないけど、老いてもいない。
いくつぐらいかわからない渋めのオーナーは、この店によく似合っていた。
「あの子、露木君って、いつもこちらで働いてるんですか？」
「お知り合いですか？」
突然の私の質問にも、特に驚いた様子もない。
「うちの生徒なんです」
私の言葉に、納得したように笑顔が少し崩れた。
「あぁ、そうですか。
露木がお世話になってます」
まるで、親のような言葉だなって思った。
「いつも、学校以外はほとんど全部入ってもらってますね。
他にも新聞配達とか、いろいろアルバイトしているようですが、本当に助かっていますよ。
そこらへんの大人よりずっと責任感もあるし、真面目でいい子ですよ」

確かに、露木君の働いている姿は立派なものだった。
お客さんへの気配りも、動きも、無駄がなくて綺麗に見えた。
「学校でも、それぐらい真面目だといいんですけどね」
「え？　真面目ではないですか？」
「授業はサボるし、授業に出たかと思えば途中でケータイを持って教室の外で話を始めるし、戻ってくれば寝るって感じです」
「あぁ、それは……」
「それは、なんですか？」
「私が言ったって言わないでくださいね？」
「はい」
「授業をサボってるのは、私のせいだと思います。
働いてもらうのは、基本は土日と昼間なんですが、夜でも人が足りない時に来てもらう場合があるので。
寝ているのは、単純に疲れているんだと思います」
「それはまぁ、わからないこともないんですけど、他にも働きながら学校に来ている人もいますから、それは理由にはならないと思います」
一瞬考えるような仕草をしたあと、オーナーは再び喋り始めた。
「うちは営業が終わって、帰れるようになるのは早くても22時です。
そのあと家に帰って、朝の新聞配達が深夜3時くらいから、朝6時過ぎぐらいまで、そのあと家に帰って、また8時か

らうちで学校までの時間を働く。
うちの営業が休みの日も、他のアルバイトをしているようです。
これ、先生にできますか？」
無理。
っていうか、なに？
露木君ってずっとそんな生活してたの？
「いや、でも、途中でケータイで話し始めるのはやる気がないからですよね」
騙されない、そんな気分で私は言葉を付け足した。
「ケータイについては、うちでも一緒で、たまに隠れて話してますよ」
「え!? 仕事中にそんなことしていいんですか？」
「もちろん良くはないですよ。
しかし、仕方ないと思ってます。
幼い弟を家にひとりにしているようなので、心配なんでしょう」
すべてが、音をたてて繋がった気がした。
「成績は、どうですか？」
「え？」
「露木の成績です」
「それは……」
「あいつ、休憩中はいつも寝てるんですけど、テスト前は休憩中もずっと勉強してるんですよ。
こっちも無理してもらってるんで、気になってるんですが、

聞いても答えてはくれないので」
露木君の成績は、常にトップ３には入っている。
「成績は……いつもいいですよ」
「そうですか！　なら良かった」
心底安心した表情を浮かべる目の前の人を眺(なが)めながら、私は自分がどれだけ露木君を見ていなかったのかを恥じた。
自分が高校生の頃に感じていた、上辺(うわべ)しか見ない大嫌いな先生と同じことを、私はしていた。
成績や、目に見えるイイ子しか評価しない先生を、私は一番嫌っていたのに。

12ページ 露木 和弥　　　YOWANE NOTE

先生と二人でプリントを並べ、一枚ずつ取りホチキスで綴じる。
今年二年目の担任は、男子女子関係なく人気だ。
肩には届かない、丸みのあるボブカットの先生は、
同い年と言われたら信じて疑わない。
見た目も年も、生徒に近く、明るいサバサバした性格は生徒の雰囲気を和ませる。
「露木君って落ち着いてるよね」
「そうですか？　そんなことないですよ」
言われ慣れた言葉に、言い慣れた言葉で返す。
「そんなことある。他の子とは違うもん。
この学校いろんな子がいるけど、露木君はその中でも変わってる。落ち着き過ぎてて子供に見えないし」
「それ、浮いてるってことじゃないですか？」
「今は、浮いてるかもしれないね。
でも、それは露木君が早く大人になったからじゃないかな」
なりきれてないから、苦しんでる。

「大人になりたいですね」
「露木君は大人だよ。
むしろ、もうちょっと子供になったほうがいいと思うよ」
なんて返すか迷った俺に気付いたのか、先生が話題を変える。
「あ、私さ、露木君がレストランで働いてるとこ見たことあるよ。
周りをよく見て、お客さんの先回りして、スゴくいい接客してたから覚えてる」
「俺も覚えてますよ。半年前くらいですよね。
濱田さんと一緒に来たの」
「え⁉　覚えてるの？」
「大抵のお客さんは覚えてますよ。濱田さんは常連だし。
それに……フラれたー！って嘆(なげ)いてましたから」
「ハハ、いい人なんだけど、好きになれなくってね」
「まぁ、次来た時は違う女性連れてたから、いいんじゃないですか？
本気だったら諦めないだろうし」
「カッコイイこと言うわね」
からかうように微笑(ほほえ)んだ顔は、今まで見たことのない、大人の女性のものだった。
「ほんとの意味で、カッコよくなりたいですね」
「十分なれてるよ。
無理、しないようにね？」
母さんのことで、気遣(きづか)ってくれてるのかな。

もしかして、この作業はそのためのもの？
「大丈夫ですよ。無理は慣れてます」
おどけたように、大丈夫だと、明るく声を出す。
「無理することに慣れ過ぎたら、だめだよ。
逃げ場がなくなるから」
「逃げ場……ですか？」
「そう、逃げ場」
「逃げるつもりは、ないですから」
いつも明るい先生と、こういう話をするとは思っていなかった。
「たまには、逃げないとダメだよ。
逃げることは、弱さじゃない。
人の強さは、そこじゃないよ」
うん。
強さは、そこじゃないだろうな。
だからといって、今の俺には他の選択肢が見えない。
「…ねぇ、大人は強いって思ってない？
大人も、苦しむんだよ。
ううん、むしろいい大人ほど、もがき苦しむ。
苦しんで、強くなるんだよ。
露木君なら、私が言ってることの意味、わかるよね？」
「はい」
言いたいことは、わかるよ、先生。
どうすればいいかは、わからないけど。
「素直でよろしい。何かあったら相談に乗るから。

いつでも言って」
「はい。ありがとうございます」
「恋愛相談も受け付けてるからね！」
いつもと同じ、いたずらっ子の笑顔を浮かべ、最後に付け足した。
「それは遠慮します。……これで最後です」
プリントを挟むホチキスの音が、作業の終わりを知らせる。
「ありがとう、助かった！」
「こちらこそ、ありがとうございました」
俺の言葉を聞いた先生は、少し笑ってみせた。
「もう私も帰れるから、車で送ろうか？」
「いえ、大丈夫です」
「そう？　じゃあ、気を付けてね。バイバイ」
ヒラヒラと手を見せながら先生は歩いていく。
少し考え、出口とは逆方向の教室に足を向けた。

13ページ
岩崎 奈緒子

早くノートを見たくて、いつもより一時間早く家を出た。
静まり返った道を歩く足も、自然と速くなる。
感情の表面には期待を浮かべても、その下には不安しかない。
なにも書かれてないかもしれない。
勝手にノートを読むなって、怒られるかもしれない。
嫌(いや)な想像は簡単にできた……怒ることが当然の反応だとも思う。
けど、私は返事を期待してる。

誰もいない教室で、私はロッカーを開いた。
あの時と同じで、微(かす)かな金属音が教室に響く。
グルグルと巡(めぐ)る嫌な想像をかき消すように、ノートを開いた。

《ありがとう。》

真っ白なページに、たった一行の言葉。

他の文字は、ノートにない。
胸が苦しくなるのは、なんでだろう。
嬉(うれ)しいのに、苦しい。

１週間後。
佑実とお昼ご飯を食べながら、今日は何を聞こうか考える。
《ありがとう。》と書かれた日から、私は自分のくだらない悩みを書きながら、露木君への質問を繰り返した。
露木君は、私の悩みにも質問にも、ひとつひとつ丁寧(ていねい)に答えてくれる。
レストランで会った露木さんが、ノートの向こうに見えるようだった。

14ページ
岩崎 奈緒子

誰もいない、朝の教室。
私は、どうしたら露木君が悩みを書いてくれるのか考えていた。
露木君は私の言葉に応えるばかりで、前のように弱音を書かなくなったから。
せっかくノートを通して話すことができるようになったのに。
これじゃ、意味がないよ？
もっと力になりたいのに。
これじゃ、逆効果だ。

《最近、弱音書かないですね。》
《あなたの力になりたいです。》
《私じゃ、ノートの代わりになれませんか？》

弱いなぁ……私。
書き込んだ文章は消され、差し障りのない文章に書き換えた。

踏み出すことのない自分にイライラする。
「おはよ！」
突然声をかけられて、ノートを机から落としてしまった。
慌てて手を出すが、私の手はノートを取れず空をきる。
「なにこれ？」
佑実は手に取ったノートを見る。
「ダメ‼」
私はさらに慌ててノートを取ろうとするが、佑実は後ろに一歩下がりながら、ノートをめくった。
「ツユキ……カズヤ？」
「今拾ったから、返そうと思ってたところで」
私が言い訳を並べている間も、ペラペラとページをめくる手は止まらない。
「ふ〜ん。じゃあ、このナオって人は誰なんだろ？なんかさ、見覚えのある字なんだよなぁ」
不自然なほどにっこりとした笑顔に、私は苦笑いを浮かべた。
ばれてる……絶対ばれてるよ。
佑実は「──で、誰？」と、何事もないよう私に問いかけた。
誤魔化せるわけない、よね。
……こうなったらもう逃げられない。
佑実なら、話しても人に言うことは絶対にしない。
それでも私が佑実に話さなかったのは、言いたくないからじゃなくて、このことは簡単に誰かに喋ってもいい内容じ

ゃないと思ったから。
あのノートは、露木さんの、人には見せたくない弱音だから。
佑実を信用してないとか、そんなんじゃない。
私にとって佑実は、一番大切で、憧れの親友だから。
逃げるのをやめた私は、露木さんに心の中で『ごめんなさい』ってつぶやいてから、ノートのこと、露木さんのことを細かく話した。
「なるほど。この人のせいか、奈緒が変わったのは。
なんかなぁ——ムカつく」
つまらなさそうな表情で、佑実がつぶやいた。
予想外の言葉に、何も言葉が出てこない。
ノートの文字を追う佑実の横顔は、なぜか寂しそうに見える。
「悩んでるなら、言ってくれればいいのに」
……そっか。
佑実は、悩みを伝えない私に怒ってるんだ。
ううん、寂しいのかな。
怒ってくれるその気持ちが、嬉しい。
自然と笑顔になってしまうぐらい。
でもね、佑実……佑実だから言えないこともあるんだよ。
そのノートに書いてある私の弱音は、佑実に対するものだから。
「ノートに書いてるのは、そんなに深く悩んでるわけじゃなくて……」

「……奈緒」
やっぱり、私のウソは佑実には通じない。
「……ごめん」
これ以上、なんて言っていいかわからない。
「冗談だよ。気にしてない」
そう言って優しく笑う佑実。
そんなのウソだ。
気にしてないわけがない。
私が逆の立場だったら、寂しくて哀(かな)しい。
「そんな顔しないの！　ほら、笑え！」
私の頬をつまんで、引っ張り上げる。
「私だから、言えないこともあるよね」
小さくつぶやいた声は、聞こえるのがやっとの大きさで……私の胸の奥を痛くした。
「大丈夫、わかってるから。
ちょっとヤキモチ妬(や)いただけだよ。
これにも書いてあるじゃん。大切な友達だって」
あ……。
「これ、私のことでしょ？」
「……うん」
「ありがとう。私にとっても、奈緒は大切な親友だよ？」
「知ってる」
「あー、可愛くない。今のは、奈緒もありがとうって言ってポロポロ泣くシーンだよ？　で、抱き合いながら私も泣くの」

本当に泣いてしまいそうだから、私はあえて冷たくする。
「勝手に劇にしないで」
「そんな私が好きでしょ？」
……バカ。
好きに決まってる。
でも、言ってはあげない。

「……で？　この人のこと、好きになっちゃったんだ？」
さっきまでの空気をかき消すように、佑実は明るい声で言った。
にやりとした、佑実の表情。
「え⁉　なんでそうなるの？
好きとか、そういうんじゃ」
「ちがうの？」
「うん……じゃないと思う」
確かに好きは好きだけど、恋愛感情とは違う気がする。
だって、まともに話したこともない。
こんなので人を好きになったり、普通ないでしょ？
納得のいかない佑実は、なおも言葉を続けた。
「じゃあ、目を閉じて」
「なんで？」
「いいから言われた通りにする！」
「わかったよ」
言われるがままに、目を閉じる。
「はい、じゃあ露木さんが街を歩いてるのを想像して」

そんなの無理だよ、と言う前に目の前には露木さんの姿が浮かんできた。
「できた？」
「う、うん」
想像できたことにビックリなんだけど。
「じゃあ、露木君の隣に彼女らしき女の子が、手を繋いで歩いてるのを想像して」
そういうこと、か。
これで嫌な気持ちになるか、試してるんだ。
「了解」
受けて立ってやる。
女の子は、お店で見た人にしてみた。
二人が手を繋ぐ。
指を絡めて、体もくっつけて。
仲のいい、恋人のように。
ほら、平気でしょ？
見てみなよ、佑実。
……あれ？

露木さんは思っていたより簡単に想像できて、思っていたより深く私を傷付けた。
「こら！　泣くな！」
佑実に言われて、泣いてる自分に気付く。
どうして？
そんなことないはずなのに。

好きじゃないはずなのに。
「ちがう」
「ちがわない。
まさかここまでとは思ってなかったけど、好きじゃないなら泣かないでしょ？」
そうかな？
佑実の言う通り……なのかな。
好きだと思いたくないだけ？
苦しくて、こんなにも胸が痛いのは、
私が、露木さんを好きだから？
「泣き過ぎ。ほら、涙拭いて」
佑実のハンカチが目の前に差し出される。
「ありがとう」
「どういたしまして」
「でもさ、まともに話したこともないのに。
そんな風に人を好きになるなんてこと、あるのかな？」
「あるでしょ。
実際なってるじゃない。
それに、人を好きになるのにいちいち理由なんていらないの！」
「そう、かな？」
「そうなの！
それは、奈緒が一番よくわかってるでしょ？
——良かったね、そんなに想える人ができて」
「でも、露木さんが欲しいのは、恋人じゃなくて……、

助けてくれる人だよ」
「恋人が助けたらダメなの？」
「ダメじゃない……けど、弱みにつけこんでるみたい」
「なにそれ？　助けたいならなんでもいいんじゃない？
奈緒が好きになったことを否定する必要はないよ。
なんなら、助けた後に告白すれば？」
「それ、つけこんでる」
「あぁ……でも、ありだと思うよ？
好きなんでしょ？
だったら手段なんて選ばないの！
早くしないと他の人に取られちゃうかもよ？
あの人、カッコイイし」
ん？
「露木さんのこと、知ってるの？」
まるで見たことがあるような言い方だった。
「前、帰り道ですれ違った人でしょ？
ずっと見つめてた夜間部の人」
……佑実って何者？
「なんで!?」
「わかるよ、それぐらい」
「そんなに、わかりやすい？」
「私にはね」
ニヤリと笑う佑実は、得意げに胸を張ってみせた。

15ページ　岩崎 奈緒子

おかしい……なんでこんなことに。
私の気持ちを知った後、佑実の行動は早かった。
放課後に買い物に付き合ってと言われ、行き着いた先は誕生日に訪(おとず)れた場所だった。
店の前で抵抗する私を、佑実はぐいぐいと押していく。
「早く行くよ！　せっかく来たんだから」
「ね、佑実、ここ、私たちが払えるほど安くないよ？」
「大丈夫！　ちゃんと見てきたから。
夜以外は普通のカフェと変わらなかったよ」
え？　そうなの？

佑実に押し込まれるように入った店内。
露木さんの「いらっしゃいませ」という声が聞こえるまで、
私は違う店に入ってしまったのかと思った。
テーブルクロスに照明も、夜とは違って色が明るくて。
確かに同じ店なのに、雰囲気がまったく違った。
「いらっしゃいませ」
お店で出迎えてくれたのは、佑実に言われて想像した、綺(き)

麗(れい)な女の人だった。
席へと案内されながら、私は店内をキョロキョロと見渡した。
「あの、夜とは雰囲気全然ちがうんですね」
「え?」
「この間、夜に両親と来たんですけど」
「あ、お店ですか。そうですね。夜とは全然ちがいますね。夜はコース料理がメインで、どうしても敷居が高いイメージがあるようなので、昼間は気軽に立ち寄って頂けるように、いろいろ工夫しているんですよ」
そう言いながら見せるにこやかな笑顔は、見惚(みと)れてしまうぐらい綺麗。

そして今、目の前では佑実と露木さんが話をしている。
居心地の悪い私とは逆に、同じ学校という口実を使い、佑実は露木さんを捕まえた。
「親戚の子が夜間部に行きたいって言ってるんですけど、雰囲気ってどんな感じですか?」
もちろん、これはウソ。
佑実の親戚に年の近い子なんていない。
いつも思うけど、佑実は頭の回転が速い。
これだって、今適当に考えたウソだ。
露木さんは少し考え、まっすぐに佑実の目を見て喋(しゃべ)り出す。
「その方は、どうして夜間部に行きたいんですか?」
「え? ……いや、そこまでは聞いてないです」

「そうですか。
自分が通っているので悪くは言いたくないですが、普通の学校に行けない人が来るところです。
何かしら理由がない限り、お勧めできません」
露木さんは軽く答えず、真剣に答えてくれた。
「そう、ですか。
しっかり考えるように伝えておきます」
佑実がそう言うと、露木さんの表情は柔らかな笑顔に変わった。
「はい。もし詳しく聞きたいようでしたら、協力します。いつでも言ってください」
「ありがとうございます」
「いえ」
「あの、露木さんは、今何年生なんですか？」
「２年です。今年17になります」
年下⁉
「落ち着いているから、年上かと思いました」
私も、ずっとそう思ってた。
「よく言われます。
そんなに老けて見えますか？」
「いや、そういう意味じゃなくて、大人っぽいって意味です」
「なら良かったです」
「確か、定時制って４年で卒業ですよね？」
「うちの学校は普通に行けば、３年で卒業できますよ。

なかには5年6年と通う方もいらっしゃいますが」
話を聞き終えた佑実は丁寧にお礼を伝え、露木さんとの会話は終わった。
「露木君いいね！」
いつの間にか、露木さんではなく、露木君と呼ぶ佑実。
「佑実、やり過ぎ！」
「ごめんごめん、話してみたくて、つい、ね。
でもさ、話し方も丁寧で親切だし、カッコイイし、
なにより本気で答えてくれるところがいいよね」
うん、私もそこは同感。
いや、……。
「そういう問題じゃなくて、変に思われたらどうするの？」
「いいでしょ！　年も聞けたんだし。
年上だと思ったからいくつ上かなって、聞いたつもりだったんだけど……さすがに年下だとは思わなかった～」
「私も知らなかった。
露木さん大人っぽいしね」

店を出て帰り道を歩きながら、私は答えの出ないことをうじうじと悩む。
「どうしたの？
せっかく露木君と喋れたのに、元気ないね」
佑実は心配そうに覗き込んでくる。
いや、露木さんと喋ってたのは佑実だし、
それに……

「私じゃ、露木さんを助けられないんじゃないかなって思って」
「あぁ〜……。そうだね」
「そうだねって……。
そこは、そんなことないよって言うところでしょ？」
「だって……無理だと思うよ？」
え？
あっさりと切り捨てる佑実に、私は言葉が出てこない。
「奈緒ができないって言ってるんじゃないよ。
誰にも、そんなことできない気がしたの」
佑実の言いたいことは、よくわかる。
あのノートを読んで、露木さんと喋ればきっとみんなそう思う。
お店で見た露木さんは、それぐらい芯が強そうで、
どこにも隙が感じられなかった。
「ノート見て話した感じだけだからわからないけど、
露木君はしっかりしてるし、強い人だと思うよ。
助けは、いらないんじゃないかな」
「でも、あんなに苦しそうなんだよ？」
「う〜ん……『助ける』じゃなくていいんじゃない？
露木君は今までずっと1人で悩んでたみたいだから、
話を聞いて、共有してあげるだけでいいんじゃないかな？
それだけでも、全然違うと思うよ。
まぁ、それだと奈緒は今のままでいいってことになるんだけど」

今の、まま？
……それじゃダメだよ、佑実。
だって、今の私は、露木さんにとってお客さんの中のひとりでしかないし。
ナオとしてだって……今の私は弱音を聞くことすらできてない。
少しでも、ほんのちょっとでも……楽にしてあげたいのに。
望んでいるのは、ただそれだけなのに。
どうして、私には何もできないのかな。
どうして私は、こんなに無力なんだろう。
どうすれば、露木さんは楽になれるのかな？

夜の街の中。
なぜか露木さんの働くお店だけが、電気を点けている。
覗いてみると、露木さんの姿が窓から見えた。
誕生日の時に見たあの笑顔を、今日も浮かべてる。
だけど、最後のお客さんを見送り、お店の扉が閉まった途端、見たことのない、苦しそうな表情を浮かべた。
その表情が、あまりにも苦しそうだから
私は慌てて扉を開けて、露木さんに触れようとした。
抱きしめようと……。
でも、触れたと思った瞬間、私の視界は見慣れた天井を映す。
露木さんに向けて伸ばしたはずの手は、力が抜けてなにも掴むことなくベッドの上に落ちた。

…………夢、か。
どうりで……私にしては大胆な行動だと思った。
お店の窓から露木さんを探すことも、突然お店に入って露木さんを抱きしめようとすることも、実際の私ならやらない。
夢だから、できたんだ。

弱音ノートを見て、露木さんを好きになることを、私はどこかで避けていた。
佑実に好きなんでしょと言われても、心の中じゃずっと否定してた。
だってそれで好きになったんだったら、まるで……同情で好きになってるみたいに感じたから。
私が露木さんだったら、そんな風に好きになられるのは、絶対に嫌だと思った。
でも、今なら……ちがうって、はっきりと言える。
露木さんを好きな理由も、自分の気持ちも、やっと……
はっきりとわかったから。

16ページ

岩崎 奈緒子

YOWANE NOTE

AM8：00
まだ陽は低いのに、太陽はこれでもかと照りつける。
私が悩んでいるうちに、7月は終わって、夏休みに入ってしまった。
ノートのやりとりに、大きな変化はない。
相変わらず私は臆病で、聞きたいことも聞けないまま。
夏休み前、佑実にメールアドレスを書けと言われたのに、
直接連絡を取りあう勇気が私にはなかった。
そして今、書かなかったことを深く後悔してる。
気になり過ぎて、勉強が手につかないから。
好きだとはっきりと自覚してから、気持ちだけがどんどんと大きくなっていく。
いまだに、まともに喋ったことすらないのに。

「奈緒、おはよ！」
今日は佑実と買い物に行き、午後からは夏期講習の予定。
受験生だから、夏休みといっても勉強漬けに変わりはない。
「おはよ！　こんな早くからどこに買い物行くの？」

79

AM8：15
まだどこのお店も開いてない。
「まずは、腹ごしらえ」
ニヤリと笑う佑実。
また、なんか企(たくら)んでるな。
「知ってた？　この店、朝からやってるんだって」
やっぱり、企んでた。
連れてこられたのは、またもや露木さんのバイト先だった。
「朝もおいしいらしいよ。ネットに出てた」
言いながら店の扉を開こうとする佑実。
「ちょっと待って⁉　まだ心の準備が……」
遅かった。
すでに扉は開けられ、手招きをする佑実。
人の話を少しは聞け！

コーヒーのいい匂いが漂う。
店内にはお客さんが数人。
こんな時間からお客さん入るんだ。
「いらっしゃいませ。」
振り向くと、露木さんが綺麗(きれい)な姿勢で腰を折る。
「岩崎さん、浜本さん、ご来店ありがとうございます」
当たり前のように私たちの名前を口にする露木さんに、
私と佑実は、顔を見合わせて驚いた。
佑実と来たあの日以来、ずっと来ていなかったのに。
「ご案内いたします。こちらへどうぞ」

名前を覚えてくれていただけなのに、私はうれしくて、顔が熱くなっていく。

テーブルに案内されてすぐ、佑実は行動に移った。
「あの、ちょっといいですか？」
「はい、なんでしょう？」
「このお店で、勉強とかしてもいいですか？
お客さんの多い時間帯は避けるので」
「勉強、ですか？」
「はい。
私たち受験生なんですけど、家だと周りがうるさくて」
「そういうこと、ですか」
露木さんは少し考えてから「大丈夫ですよ」と言った。
「なら、落ち着いて勉強したいですよね。
あちらの席に変えましょうか？　ここは人が増えるので」
奥のテーブルを示し、２度目の案内をしてくれる露木さん。
佑実は、その後ろで私にピースしてみせる。

席に着いた後、佑実は小声で私に話しかけた。
「これで毎日来る口実ができたでしょ？」
「佑実ってすごいね」
「何が？」
「行動力」
「奈緒が深く考え過ぎなの。
メールアドレスは？　教えた？」

頭を左右に振って、私は質問に答える。
「もう……そんなことしてたら他の人に取られちゃうよ？ この店綺麗な人多いし。
きっと競争率高いよ？　積極的に行かないと！
奈緒は可愛いんだから、もっと自分に自信持って！
ね！　私も協力するから」
佑実は、頼もし過ぎるくらい頼もしい。
そして私は……情けない。
こんなにしてくれているのに、自分じゃなにもすることができない……。
もっと自分で頑張らないと。
でもなぁ……正直、あの店員さんがライバルだったら、勝てる気なんて全然しない。

私の手はシャーペンを握ったまま動かなくて、目は露木さんを追いかけて落ち着かない。
「見過ぎだから」
笑いをこらえる佑実。
「笑うな！」
「無理。奈緒がそんなに好きになるなんてね。
今まで誰に告白されても付き合わなかったのに」
「それは相手を好きじゃなかっただけでしょ？」
「付き合ってみたら好きになるかもしれないのに」
「好きでもないのに付き合うことがあり得ない」
「真面目だね〜」

真面目なんかじゃない。
ただ、臆病なだけ。
佑実がテーブルの下で私の足を蹴った。
「イタッ」
ちょっと！
文句を言おうと佑実のほうを見ると、露木さんが近くまで来ていた。
「失礼します。紅茶のおかわりはいかがですか？」
「あ、お願いします」
私、変じゃなかったかな？
「勉強、大変ですね」
言葉が出てこない。
返事しないと。
「……そうなんですよ。
だから、私たちには優しくしてください」
喋らない私を見て、佑実がフォローしてくれる。
「僕が優しくして勉強が進むなら喜んで」
進みます。すごく。
いや……逆に手につかなくなるかも。
「お疲れのようなので、甘めにしておきました。
甘過ぎたら言ってください、すぐに取り替えますから」
少しかがみ、小声になる露木さん。
「おかわりは全部サービスにしとくので、遠慮なく言ってください。
あ、でも怒られちゃうから、秘密でお願いします」

今までとは違う、少し無防備な笑顔がすぐそこにあった。
紅茶は確かに甘くて、私を温かく癒した。

17ページ

岩崎 奈緒子

この店で勉強するようになって、1週間。
私は毎日少し甘めの紅茶を求めた。
言葉は少ししか交わさないけど、
私にとっては、なによりも大切な時間。
好きな人と会話することがこんなにも緊張するものだとは
思っていなかった。
言いたいことは言えず、話しかけられれば返事につまる。
変な子と思われているに違いない。
でも、嫌われてはいないと思う。
いつも話しかけてくれるし、勉強のことも聞いてくれる。
これは、仕事だからかな？

今日はまだ、露木さんを見ていない。
厨房(ちゅうぼう)にいるのかな？
「失礼します。
紅茶のおかわりはいかがですか？」
佑実に言われて、露木さんの恋人役に想像した人だ。
「あ、いえ……」

やっぱり可愛いし、綺麗(きれい)。
つややかな黒髪のショートヘアが似合ってる。
目元は優しくて、柔らかな印象。
たぶん、少し年上かな。
「大丈夫ですよ！　露木君から頼まれているので、おかわりのお金は取らないですよ？」
「そうなんですか？　ありがとうございます。
あの、今日露木さんは……？」
「本日はお休みを頂いてます」
答えながら、紅茶を注いでくれる。
可愛くて綺麗なんだけど、なんか怖い。
なんだろう？
この変な感じ。
表情は笑顔なのに。
どうしてこんな風に感じてしまうんだろう。
口に含んだ紅茶の味は、いつもより甘くなかった。

夏の夜空にあるはずの星は、ビルの明かりに照らされてよく見えない。
夏期講習のあと、クラスの友達と帰り道を歩きながらお喋(しゃべ)りする。
内容は、ほとんどが恋愛話。
彼氏の愚痴(ぐち)
誰が誰を好きだとか
こんな人がいい

こんな人は嫌
そんな会話が、延々と続く。
こういう会話に、私はあまり入らない。
まず、経験が少なくてみんなの話についていけないんだ。
私の彼氏いない歴は、生まれた日から一度も途切れることなく更新中だから。
「夏休み前の下校中に夜間部の人に告白されたんだけど」
夜間部という言葉に思わず反応してしまう私。
「バイトの後なのか知らないけど、作業着着てて、いい雰囲気なんて全然なし！」
「どんな人？」
「夜間部にしては結構普通だったよ？
元引きこもりとかかな？」
バカにしたように笑いながら喋るクラスメイトに、ついイライラしてしまう。
「なんて答えたの？」
「断ったに決まってるでしょ⁉
付き合うとかあり得ないし」
「だよね、夜間部の引きこもりとか勘弁してほしい」
「夜間部な時点でなし！　落ちこぼれは嫌だ」
「恥ずかしくて誰にも紹介できないよね」
みんな好き勝手なことを言う。

佑実は黙ってる。
何も言わない。

きっと、それが正しい判断。
今、私が言いたいことを言えば雰囲気が悪くなる。
女の子同士の友達関係ほど、微妙なものはないんだから。
黙ってれば、いい。
なにもなかったように。
そうすれば、今まで通りの私たちでいられる。
でも……ごめん、佑実。
これは無理。
「やめようよ。そういうこと言うの」
気が付いた時には、もう口に出してしまっていた。
「なに？」
振り向いたクラスメイトの目は笑ってない。
「よく知らない人のこと、そういう風に言わないほうがいいよ。バカにし過ぎ」
「だって、夜間部だよ？」
何……言ってるんだろ？
「夜間部とか、関係ない。私たちと同じ学生でしょ？」
「は？　私たちと夜間部が同じなわけないでしょ？」
「同じだよ。その人のこと、何も知らないんでしょ？
自分で夜間部を選んだ人もいれば、やむを得ず働かないといけなくて選んだ人だっている。
私たちがあの学校に通えてるのは両親のおかげでしょ？
それとも、自分のお金で通ってるの？」
クラスメイトは何も言わない。
「別に批判するなとは言わない。

いろんな人がいるのは、私も知ってる。
でも、批判するなら相手をしっかり知ってからすればいい」
私はきっと、少し間違ってる。
正しいことを言ってるようだけど、ちがうんだ。
私はみんなの言葉が露木さんに向けられているように感じて、感情が抑(おさ)えられなかっただけだ。

私は、みんなとは別の方向へ逃げるように走った。
みんなが見えなくなったところで、後ろから声が聞こえた。
「奈緒！　待って‼」
振り向かなくても、誰が来たかわかる。
「佑実、どうしよ」
後悔はない。
でも、言うだけ言っといて、まだみんなに嫌われるのを恐れてる。
走ってきた佑実は、息を整え、笑顔で言った。
「なに言ってんの？
私はすごくスッキリしたよ。よく言った！」
「ほんとに？」
「ほんとに」

佑実と並んで、歩き出す。
「奈緒、ほんとに変わったね。いい意味で」
「そうかな？」

「うん。
前の奈緒なら、何も言わなかったと思う」
「そうだね」
露木さんとのことがなければ、きっと私は黙ってやり過ごした。
何か感じても、なにも感じていないフリをして。
「でも、明日から顔合わせづらいな」
塾の教室はみんな同じだし。
「高校生活なんてあと少しだし、
なにか言われても気にしなければいいよ。
奈緒は間違ってない」
「うん」
単純だな、私。
佑実の言葉で、沈んでいた気持ちが浮上してくる。
「それに、私がいればいいでしょ！」
付け足された言葉で、私の気持ちはさらに浮上。
「佑実と友達で良かった」
「なに？　今ごろ気付いたの!?」
私と佑実は、顔を見合わせて笑いあった。

18ページ　露木 和弥　YOWANE NOTE

母さんの第一発見者となった俺は、毎日その光景を夢で見るようになっていた。
まだ陽の高い時間。
一度家に戻り、徹に晩御飯を用意しようと帰宅した。
扉を開けると、暗い部屋に陽の光が差し込む。
暗い部屋の中、母さんの形をしたものがぶら下がっていた。
動くことのない人間の体は不思議で
確かにそこにあるのに、なにも感じない。
触れても人としての温かさは消えていて、
現実感のないまま、俺は母さんを抱きしめた。

毎朝、母さんを抱きしめたまま
俺は夢から目覚める。
隣の布団で眠る弟の顔を見て、
無理矢理自分の感情を押し殺し、
生きる気力を奮い起こす。
徹のために頑張らないと。
自分に言い聞かせ、追い込み、ひたすら働き続けた。

そんな時、ナオは突然弱音ノートに現れた。
見たことも会ったこともない女の子とのやりとりは、
いつも弱音から始まり、俺への質問で終わった。
趣味に特技や好きな色、様々なことを聞いてくる。
今なら俺のプロフィールを書けてしまうんじゃないかな。
ささいな出来事を、お互いに書きこむだけなのに、心は軽くなる。
ノートのやりとりが始まって1週間で、俺はあの時のことを夢で見ることがなくなった。
理由は、自分でもよくわからない。
でも、ナオとのやりとりがそうさせているのだと感じた。

ナオは俺の中でどういう存在で、
なにを変えたんだろう。

19ページ　岩崎 奈緒子

うれしい。
うれしいんだけど、ドキドキし過ぎてなにも考えられない。
熱いよ。
これは気温のせいじゃなくて、絶対隣にいる人のせいだ。
今、私はベンチに座ってて、隣では露木さんが缶コーヒーを飲んでる。
こうなったのは、佑実が遅刻したせい。

今日は、佑実と買い物の約束をしていたんだ。
待ち合わせ場所まで、あと10メートルというところで佑実からのメールが届いた。
〔ごめん！30分ぐらい遅れそう。〕
えぇ〜……⁉
いつも佑実を待たせてるから早めに来たのに。
しっかり者の佑実が遅刻するなんて珍しい。
〔了解♪
ゆっくりでいいからね！〕
佑実が来るのは45分後。

やることないし、ベンチで待ってようかな。
ケータイをしまい、日陰のベンチを探す。
セミの鳴き声が、暑さを更に暑く感じさせる。
視界の隅に、最近常連となりつつある店が見えた。
露木さんはきっと今も働いてるんだろうな。
時間あるし、入ってみようかな。
でも昨日の店員さん、なんか苦手。
できれば会いたくない。
佑実が来てから誘ってみるのもいいかな。
露木さんに……会いたいな。

「ねぇ、1人？」
スッと隣に座った男の人が覗き込みながら言う。
「え？」
うわ……美形……。
女の子みたい。
「ひとり？って聞いてる」
驚いて返事し忘れた。
「いや、待ち合わせです」
「でも、ここに10分以上いるでしょ？
もう来ないんじゃない？」
え？
あれ？
店に入るか入らないか考えてるうちに、そんなに時間が経ったのかな？

腕時計で時間を確かめると、15分も経っていた。
「俺と遊ぼうよ」
「待ち合わせって言いましたよね？」
こういう軽い感じの人は嫌い。
「待ち合わせって女の子？」
「あなたには関係ないです」
顔が良くても私のタイプじゃない。
「女の子でしょ？　俺も友達呼ぶからさ、4人で遊ぼうよ」
「遊びません」
「君可愛いし、結構マジだからさ。遊ぼうよ」
「ごめんなさい、あなたにも興味ないから」
いい加減うんざりしてきた。
立ち上がり、移動しようとする。
「ちょっと待ってよ」
痛い……腕が掴まれてる。
「離してください！」
こんなにしつこいとは思っていなかった。
「話ぐらいいいじゃん」
なおも腕は掴まれたまま。
佑実が来るまで、まだまだ時間がある。
どうしよう。
「ね？　いいでしょ？」
掴まれた腕は、力を入れても全然離れなくて、だんだん怖くなってきた。

「おごるからさ、一緒に遊ぼ」
「だから、遊ばないって言ってるじゃないですか。ナンパなら他の人にしてください」
「やだよ、君がいいんだ」
なんなの？　この人。
「おい、放せよ。嫌(いや)がってんだろ？」
男を睨(にら)み付けながら掴んだ手を払う露木さん。
!!!?
え？
露木さん？
なんで？
驚きで言葉が出てこない。
「なんだよ、男付きかよ」
男は露木さんが待ち合わせ相手だと勘違いし、離れていく。
助かった。
「岩崎さん、大丈夫ですか？」
露木さんの表情が、優しいものに変わっていく。
「はい！　大丈夫です！」
自分が思っているより大きな声が出てしまって、顔が真っ赤になっていく。
そんな顔を見られないように、私は俯(うつむ)いた。
露木さんといると、私は俯いてばかりな気がする。
「なら良かった」
優しい笑顔を浮かべる露木さん。
そして、それを見た私は、更に赤くなる。

「あ、ありがとうございます！　助かりました」
「このあたりは一人でいないほうがいいですよ」
「はい。
友達と待ち合わせてるんですけど、早く着いてしまって」
「友達じゃなくて、彼氏じゃないんですか？」
「ち、違います‼
待ち合わせてるのは佑実！　浜本です！」
「あぁ、浜本さんですか。
浜本さんがくるのは、あと何分後ですか？」
「あと20分ぐらい…です」
「じゃあ、20分隣で休憩しててもいいですか？」
「え？　休憩ですか？」
「はい。今、バイトの休憩中なんです」
持ち上げた露木さんの手には、コンビニの袋が握られていた。
「男除けぐらいにはなりますよ？
岩崎さん狙われやすそうですし」
「ありがとうございます。
でも、いいんですか？　せっかくの休憩時間なのに」
「いいですよ。
もちろん、岩崎さんが嫌じゃなければですが」
「嫌なんてそんなことありえません！」
「なら良かった」
さっきまで別の人が座っていた場所に、露木さんが座る。
緊張し過ぎて、また俯いてしまう。

「岩崎さん？　大丈夫ですか？」
下から覗き込むようにして、私の顔を見る露木さん。
　!?!?
顔!?
近い!!
近過ぎる露木さんに驚いて、勢いよく身体を起こした私は、
後ろに倒れそうになる。
「っと、あぶないですよ？」
露木さんの手が、私の背中を支えてくれた。
「ご、ごめんなさい!!」
「いえ、こちらこそ」
露木さんは思わず出した手を、慌てて引っ込めた。

突然のふたりきり。
頭が混乱してて、話題が見つからない。
なにも喋れないまま、沈黙が続く。
でも、なんでだろう。
苦痛じゃない。
むしろ、心地いい。
すごく緊張してるんだけど、
流れる沈黙は、温かくて、穏やかで、
無理に喋る必要は感じない。
「すみません。僕、喋るの得意じゃなくて。
つまらなくないですか？」
「いや、そんなことないですよ」

「そうですか？
ならよかった」
「あの、敬語……やめませんか？」
「え？」
「年も近いし、敬語じゃないほうがうれしいです」
「わかりました。じゃあ、店の外では敬語やめますね」
「うん！」
「岩崎さんは、どこの大学行くんですか？」
「敬語！　直ってないよ？」
「あ！　う〜ん……慣れないと難しいですね」
恥ずかしそうに笑う露木さん。
照れてる時は、こんな表情するんだ。
露木さんの表情が、私の緊張をほぐしていく。
「やり直し！　もう一回！」
「えっと……岩崎さんはどこの大学に行くの？」
「近くの大学にする予定」
「学部は？」
「教育学部にしようと思ってる」
「先生になるんですか!?　……間違えた。
先生になるの？」
「うん、最近決めたばっかりなんだけどね」
先生。
これは露木君を助けたいと思ったからこそ生まれた、私の夢。
「大人気な先生になりそう」

「ほんと？」
「うん、特に男子に」
「男子？」
「綺麗な先生だから、生徒に告白されるかも」
「それはないなぁ」
「結構いるよ。
うちの学校でも先生に告白した人いたし、生徒と結婚したって先生もいるし」
「ほんとに⁉」
「うん。さすがに先生は卒業してから付き合ったって言ってたけど、怪しいよね」
「うん、めちゃくちゃ怪しい！」
敬語の抜けた露木さんとの会話は、まるで前から友達だったみたいに自然に弾んでいく。

私は、やっぱり露木さんが好き。
ありふれた、なんでもない会話がこんなにも楽しいなんて。
ひとつ、またひとつと見たことのない露木さんの表情が私の中に積み重なって、私の好きが大きくなっていく。

メールの着信を知らせるメロディが流れた。
　［なんで露木君といるのかわからないけど、いい感じだね！もう少し遅れて行くから頑張れ‼］
え⁉
佑実近くまで来てるの⁉

「どうしたの？　浜本さんから？」
「うん。もう少し遅れそうって」
「そっか。……じゃあ、うちの店おいでよ。もう戻らないといけないから」
時計の針は、私が思っていた以上に速く進んでいた。
「大丈夫！　ひとりで待てるよ」
「ダメ！　また変な男に絡まれるかもしれないし」

ひとりで待てると断ったが、心配だからと押しきられてしまった。
佑実はもうすぐそこに来てる……とは言えなかった。
「いらっしゃいませ」
お水を出してくれたのは、昨日と同じ店員さん。
「今日は露木君と来たんですか？」
「はい。偶然、店の前で会って」
「露木君と仲いいんですね」
この感じも昨日と同じ。
私、嫌われてる？
もしかして、この人も？

佑実は不自然じゃないよう15分後に店に入ってきた。
「お待たせ！」
「お待たせじゃないよ。来てくれたらいいのに」
「らぶらぶだから、熱くて近づけなくて」
「ばか」

「で、何話したの？」
「秘密」
「なにそれ？　協力したのにー！」
初めての露木さんとのまともな会話。
私の中で大切にしまっておきたい。
ごめんね、佑実。

20ページ

今、私は奈緒と一緒に露木君のバイト先で勉強中。
そして、今日も奈緒の目は露木君の姿を追いまわす。
そんなに好きならさっさと告白しちゃえばいいのに。
奈緒に告白されたら大抵の男は落ちるはず。
私が男なら、即お持ち帰りだもんね。
まあ、相手があのノートの持ち主だから
これぐらい慎重になるのは正解だろうな。
普通の女の子は、あのノートを見たらひく……と私は思う。
確かに苦労してるのはわかるんだけど、内容が重た過ぎる。
彼を好きになる奈緒は、まっすぐで好きだけどね。
絶対露木君を奈緒のものにしてやる。

奈緒は私にノートを差し出した。
「頼まれてたノート」
奈緒のノートは、私の教科書。
塾の先生の説明はわからないけど、奈緒の説明入りノートはわかる。
「ありがと！」

「いいえ、どういたしまして」
左利きの私は自分のノートを左、
奈緒のノートを右に並べて参考書を眺める。
「あ、来たよ！」
「え？」
来たのはもちろん、奈緒の大好きな露木君。
「おかわりいかがですか？」
確かにカッコイイよね。
仕事もできるし、
きっとあんなことがなければ普通の学校行ってモテてたんだろうな。
紅茶を淹れ終えた露木君。
奈緒と少し会話を交わし、厨房に入っていく。
綺麗な姿勢で歩いてる姿は、凛としていて絵になる。
私は隣で見惚れている女子高生を眺めながら、
どうしたらふたりがくっつくのかな、と頭を回し始めた。

「お手洗い行ってくるね」
奈緒は立ち上がり、フロアの反対側にあるトイレへ向かう。
「失礼します」
なんで今露木さんが来るかな？
どうせなら奈緒がいる時に来なさいよ！
……あれ？……っていうか、さっき来たばっかりだよね？
ノートを見る露木君。
「難しそうですね。見てもいいですか？」

「どうぞ」
それ、私のじゃないんだけどね。
手に取ったノートを見つめる姿からは、露木君が悩んで思い詰めているようには見えない。
「個人的なことを伺ってもよろしいですか？」
へ？
私に？
「はい」
「浜本さんは、彼氏っていらっしゃるんですか？」
私に彼氏？
「いないですよ？」
なんで露木君がそんなこと聞くの？
しかも、奈緒じゃなくて、私に。
「こんなこと言うのは本当はダメなんですが、
もしよろしければ、メールアドレス教えて頂けませんか？」
え？
「私の……ですか？」
「はい」
露木君は平然としてる。
冗談を言っているようには見えない。
っていうか、なんで私なの？
意味わかんないんだけど。
「からかわないでください」
「からかう？　そんなつもりはないです」
わけもわからず頭の中が真っ白になっていると、店の奥に

奈緒の姿が見えた。
私と同時に奈緒に気付いた露木君は、テーブルの上に小さな紙を置いた。
「あとでメール下さい」
早口でそう言うと、露木君は何事もなかったように席を離れる。
あーもー‼
なに⁉
どういうこと⁉

21ページ

露木 和弥

YOWANE NOTE

営業時間が終わった店内は、片付け中。
周りの人たちが動き回る中、俺の頭の中は真っ白になっていた。
浜本さんが持っていたノート。
そこにあった文字は、見たことのある形をしていたから。
やらなきゃいけないことはわかっているのに、身体が動かない。
あの人が、ナオ、か。
「どうした、和弥。ぼーっとして」
岩崎さんじゃ、なかったのか。
「おい、和弥!」
当たり前、か。
あんなノートに本名なんて使うわけないよな。
「大丈夫か?」
気が付いたら、オーナーが俺の顔の前で手を振っていた。
「は、はい!」
「どうした?
具合悪いのか?」

「いや、なんでもないです。
すみません、すぐに片付けます」
オーナーの声で我に返った俺は、慌(あわ)てて手を動かし始めた。
「無理すんなよ」
「大丈夫です」
なにやってんだ、俺は。
しっかりしろよ。

22ページ

岩崎 奈緒子

from：佑実
[奈緒ー!!大変!!]
これだけのメール。
何が大変か書いてよ。

from：奈緒
[なに？どうしたの？]
すぐに返信が来る。

from：佑実
[秘密!!!]
……私で遊んでない？

from：奈緒
[オヤスミナサイ]

from：佑実
[おやすみ♪]

佑実のよくわからないメールの意味は、次の日の朝になってからわかった。

AM8：00
from：露木 和弥
to：岩崎 奈緒子
件名：おはようございます。
もし良ければ、今日お昼からお時間頂けませんか？
アドレスは浜本さんに教えて頂きました。

敬語に戻ってるし……。
わけのわからないメールに、そんなどうでもいいことを考える私。
……なにこれ⁉
どういうこと⁉
目覚めたばかりの頭は急速に回り始め、心臓は大きく脈打つ。

「ちょっと！　どういうこと⁉」
電話の向こうには、今起きたばかりの佑実。
「一緒に遊びたいから教えてくれって言われたから教えた」
「なんで？」
理由がない。
「知らないよ。奈緒のこと好きになったんじゃない？

眠いから切るよ？　おやすみ～」
ブツッ
切られたよ。
すぐにかけなおす……がコール音はならず留守番電話サービスに繋(つな)がる。
佑実のバカ！
毒を吐きながら、なんてメールを返すか考える。

AM9：00
from：岩崎 奈緒子
[はい。大丈夫です。]
悩みに悩んで送った文章は、たったこれだけ。
絵文字をつけるのもおかしく感じて、そっけないものになってしまった。
返信はすぐにきた。
待ち合わせ場所は学校へ入る一本道の手前にあるバス停。
残り時間は3時間。
私は慌(あわ)てて服を全部引っ張り出しながら佑実の家に電話する。

23ページ
岩崎 奈緒子

早過ぎた……。
バス停に着いたのは、待ち合わせ40分前。
当然、露木さんはまだ来てない。
早いとわかっていても、家にいると落ち着かなくて出てきてしまった。
とりあえず、座るかな。
木製のベンチに座って、自分の服を確認する。
私、変じゃないかな。
佑実と買ってきた白のワンピース。
肩と背中が少し広く開いてて大人っぽい。
電話をすると佑実は迷わずに、この服を着ろと言った。
清純な感じで、少し大胆。
これが男心をくすぐるらしい。
露木さんは、こんな服好きかな。

あと20分。
時計の針は、私の思った通りに動かない。
なんで露木さんは急に私を誘ったんだろう？

答えの出ない疑問が、グルグルと頭の中を駆け巡って、私の思いとは逆に、時間は速く過ぎていく。
心の準備は、まだできてない。
少しはゆっくり進んでよ。
「なんでいるんですか？」
突然目の前に現れた露木さんは、驚いた表情のまま駆け寄ってくる。
それはこっちのセリフですよ、露木さん。
「いつからいるんですか？」
「今着いたところです」
……20分は今って言っていいよね？
だめかな？
「ほんとですか？」
「ほんとです」
「待たせたくないから早めに来たのに……なんでいるんですか？」
ため息をつくように言う露木さんに、私は即答する。
「私も待たせたくなかったんです！」
顔を見合わせ、
ふたりとも吹き出し、笑い合った。
「店の外では、敬語なしでしょ？」
平静を装い、今どうでもいいことを言ってみる。
そうでもしないと、すぐに顔が真っ赤になりそうだったから。
「でしたね」

だけど、その効果は露木さんの笑顔の前では意味がなかった。
赤くなる顔を誤魔化すように、目を逸らす。
そして、一番疑問に思っていたことを口にした。
「今日はなんで誘ってくれたの？」
「あ、突然誘ってすみませんでした。
一緒に遊びたかったんです」
一緒に？
そんなことを言われると、誤解しちゃいそう。
「話したいこともあるんですけど、それはまた後で話します」
話したいことの内容も気になったけど、
それ以上に、一緒に遊びたかったという言葉に、
私の心は大きく跳ねた。

待ち合わせのバス停からバスに乗る。
告げられた行き先は、水族館。
私がペンギンを好きだと佑実から聞いたらしい。

バスの中、左隣に座った露木さんの肩が、バスが揺れる度に少し触れる。
腕や肩に意識が集中してしまって、触れるたびに、私の身体は硬くなった。
右の窓側に座ったのは、失敗だった。
だって……大きく跳ねる心臓の音が、露木さんに聞こえて

しまいそうだったから。

「急に誘われて嫌(いや)じゃなかった？」
「嫌だったら来ません」
「そっか」
…………つまり好きってことだよ？
わかってる？
私はなんとも思ってない人とふたりで水族館なんて行かないよ？
気付いてほしいけど、
気付いてほしくない。

バスから降りると、目の前には海と、大きな空が広がっていた。
海の匂いを含んだ風が優しく吹いていて、気持ちいい。
「気持ちいいね」
「うん」
隣に立つ露木さんを見て、私のテンションはさらに上がっていく。
う〜ん。
いまだに不思議で仕方ない。
なんでこんなことになったんだろう。
誘ってくれたのはすごく嬉(うれ)しいんだけど、どうしてもそこが引っかかる。
もしかして、私がナオだってバレた？

いや、でも、バレるような出来事は一切なかった。
佑実が言うとも思えないし。
考え過ぎ……かな？

水族館の入口では、記念写真を撮るスタッフが待ち構えていた。
「ご来館ありがとうございます！
記念写真の撮影を行っています！
こちらへどうぞ」
私たちは案内されるがまま、イルカやアザラシの描かれた壁の前で並ぶ。
「彼女さん、もっと彼氏さんに近づいてください」
彼女⁉……そう見えるの？
彼女という言葉に少し浮かれてしまうが、すぐ横に立つ露木さんが近くて私は戸惑う。
でも、近づかないと……。
触れないよう、少しだけ彼に近づく。
「もっと近づいてください！」
えぇ⁉これ以上近づけないよ！
⁉
私が動けないでいると、露木さんが近づいてきて、私たちは寄り添うような形になってしまった。
「少しだけだから、我慢して」
耳元で囁く露木さんの声で、私は固まった。
心臓だけが、ドクドクと暴れる。

「はい、笑ってくださーい！」
近過ぎて……心臓が持たない……早く……撮って!!
……ピピッ
触れていた部分が、熱を帯びていくのがわかる。
私、大丈夫かな？
いつもとは違う、近過ぎる距離。
ドキドキし過ぎて、おかしくなりそう。
まだ水族館に着いたばかりなのに……。
「ここで撮った写真は出口でお渡しします。
ごゆっくりお楽しみください」
今撮った写真、欲しいけど、消してほしい。
私、絶対変な顔してる。

水族館の中は、晴れている外に比べて、少し暗くて、音が少ない。
水槽を通った光は、水の動きと一緒にユラユラ揺れる。
非現実的な空間って、こういうことなんだろうな。
夢の中にいるような、そんな感覚。
隣りにいるのが露木さんだから、余計にそう感じるのかな。
水槽を見つめる露木さんを、私は見つめる。
——ふと、考える。
露木さんの悩みはどうなったんだろう。
あれから何か状況は変わったんだろうか。
考え始めてしまうと、聞きたいことが次から次へと浮かんでくる。

お母さんに何があったんですか？
露木さんは大丈夫ですか？
無理、してませんか？
——私じゃ、ノートの代わりにはなれませんか？
声にして出せるはずのない言葉が、水槽の中の魚たちのように私の中を動き回る。

「うわぁ」
視界いっぱいに広がる水槽の中、魚の群れが泳いでいく。
不思議。
すごいスピードで泳いでるのに、魚たちはぶつからない。
まるで、通じ合っているみたい。
「すごい速いのに、よくぶつからないね？」
思ったことを口にすると、露木さんは一瞬びっくりした顔をした。
なんか変なこと言ったかな、私？
「ごめん、弟も前に同じことを言ってたから、びっくりして」
ノート以外で初めて出てきた、露木さんの弟。
「露木さん、弟がいるんだ」
一応、初めて聞いたフリをした。
私は今、奈緒子としてここにいるから。
「うん。そんな発想は俺にはなかったから、面白いなって思ったの思い出した」
「それ、私も面白いって言ってる？」

「少し、ね」
からかうような、そんな露木さんの笑顔に、
怒ってなんかいないのに、私は少し怒ったフリをした。
「なんかバカにしてる気がする」
「してないしてない。柔軟な発想だなって思っただけ。
気を悪くしないで、ね？」
卑怯(ひきょう)だ。
目を合わせて、そんな風に『ね？』って言われたら、私は
頷(うなず)くしかない。
「弟さんは、他にもなにか言ってた？」
「他に？　言ってたよ。
……魚はきっと、テレパシーで繋(つな)がってるんだって」
「テレパシー？」
「そうテレパシー。だからお互いにどう泳ぐかわかって、
当たらないんだって言ってた。
笑っちゃダメだよ？
アイツは、真剣にそう考えてたから」
そう言いながら、露木さんは少し笑ってる。
「笑わないよ。私も、似たようなこと考えてたし」
「そうなの？　岩崎さん、徹と似てるのかな」
「かもね」
徹君のことを話す露木さんは、とても嬉しそうで、
ひとりっ子の私は、少し羨(うらや)ましくなった。

フロアを進むと、壁の中に埋め込まれたような水槽が、等

間隔に並んでいた。
「よくさ、ドラマとか、小説なんかで、『こんな狭いところに入れられてかわいそう』って言うでしょ？」
「うん」
「でもね、俺はそうは思わないんだ」
「なんで？」
私も、そう感じたことはある。
こんなガラスに囲まれた場所じゃなくて、
もっと広い場所で、自由に泳ぎたいだろうなって。
だって、小さな水槽に入った魚たちは、少し窮屈そう。
「狭くてもさ、ここは安全で、敵がいないでしょ？
毎日必要な食べ物は必ず食べることができて、みんなが死なないように手を尽くしてくれる。
それに、狭いって言ってもストレスが溜まらないぐらいの広さは与えられてる。
ここにいる生き物は、人間に守られてる。
自然の中だったら、とっくに死んでるかもしれないのに」
揺れる光に照らされた横顔を眺めていると、
『誰か……助けて……』って
そんな言葉が浮かんだ。
弱音ノートで見た。
自分で自分に向けた、露木さんの言葉。
露木さんは、けっしてそんな風に誰かに助けを求めていないけど、そう言っているように感じて、胸が痛んだ。
きっと、露木さんは強過ぎるんだ。

「ごめん、変なこと言ったね。忘れて」
だから、こんな風に何もなかったように振る舞える。

守られている私は、自由に外を泳ぎたくて、
露木さんは、強過ぎるから、自ら水槽を飛び出した。
きっと私なら、外に出た途端、壊れてしまう。

水の音と同時に、私の心臓が止まった。
……絶対、止まった。
私の視界は今、露木さんの胸しか映ってない。
抱きしめるように、両手で頭を包まれて、頭と頭がくっついてる。

イルカのショーを見ようと、私たちは移動したんだ。
入った時間がギリギリだったせいで、職員の人が案内してくれたのは、端っこの後ろ側。
「ここは前に人がいなくて見やすいし、濡れないから穴場ですよ」
そう言ったんだ。
なのに……。
私たちはイルカに水をかけられた。
「大丈夫？」
……。
「岩崎さん？」
濡れた髪の露木さんが、至近距離で私を覗き込む。

なんか、色っぽい。
あ⁉
「ご、ごめんなさい‼　大丈夫？」
正気に戻った私は、慌(あわ)ててハンカチタオルを取り出した。
「俺は大丈夫。それより、肩のところ濡れてる」
明らかに露木さんのほうが濡れてるのに、露木さんは私の肩を丁寧(ていねい)にハンカチでトントンと軽く叩(たた)いた。
「すみません！　これ、使ってください」
さっき私たちをここに案内してくれた水族館の職員さんが、慌てて露木さんにタオルを渡す。
「ごめんなさい。普段はここまでこないから」
「大丈夫です。夏だから、すぐ乾きますよ」
「本当にごめんなさい」
何度も頭を下げながら、職員の人は歩いて行った。
「大丈夫？」
「大丈夫。タオルも貸してくれたし。
それにしても、あんなところで水しぶきがかかるなんて思ってなかったな」
「私も」
露木さんの濡れた髪はまだ乾いてなくて、目のやり場に困る。
それに、抱きしめられた感触が残っていて、ドキドキが止まらない。

その後の私たちは、人の多いところをさけて、静かな水族

館の雰囲気に溶け込むように過ごした。
色とりどりの魚達は気持ち良さそうに泳ぎ、私が好きなペンギンは、空を飛ぶように水中を泳ぎ回っていた。
露木さんは柔らかく笑い、たくさんのことを話してくれたし、バイトに学校、弟の徹君のこともたくさん教えてくれた。
あとひとつ、意外な弱点も知ることができた。
露木さんは、ニンジンとグリンピースが嫌いらしい。
そんな小さい子供のようなことを言う露木さんに、私は笑いをこらえられなかった。
またひとつ、私の知らない露木さんが積み重なって、
またひとつ、私は彼を好きになる。

「少し、休んで帰ろうか」
「うん」
「あっちにカフェがあったよ」
水族館を出て、露木さんが示した方向に並んで歩き出す。
歩幅は私よりも大きいはずなのに、
露木さんは私と同じ速度で歩道を進む。
それとなく道路側を歩いたり、
人が多いほうを歩いたり、
小さな思いやりが露木さんらしい。
今もいつの間にかドアを開け、私が通るのを待ってる。
「どうぞ」
カフェの中で、露木さんとふたりで案内される。

いつも案内してくれる人は、今日隣にいて、
なんか変な感じ。
くすぐったい。

頼んだ飲み物は、いつの間にか露木さんの前にあって、
慣れた手つきで、私の紅茶に砂糖を入れてくれる。
「いつもどおりでいい？」
「うん」
今日１日で、すっかり敬語は抜けたみたい。
今までとはちがう距離感に、私は嬉しくなった。
手を伸ばせば届くところに、露木さんがいる。
今でもまだ、夢を見ているみたい。
「お待たせしました」
ゆっくりとかき混ぜられた紅茶が、目の前に差し出される。
それは、いつもと同じ、甘めの紅茶。

初めて弱音ノートを見た時から、３ヶ月。
憧れて、助けたくて、好きになって。
夢にまで見るようになって。
いつの間にか、私の中は露木さんでいっぱい。
溢れて、こぼれ落ちてしまいそうなぐらい、好き。

「これ、今日付き合ってくれたお礼」
露木さんの手で、小さな箱が目の前に置かれる。
「開けてもいい？」

「うん」
小さな箱をあけると、そこにはクリスタルでできたペンギンの人形が私を待っていた。
「きれい」
「さっき見てたから。
喜んでもらえたなら良かった」
いつの間に買ってくれたんだろう。
そんな素振りは一切なかったのに。
「ありがとう！　ほんとに貰っていいの？」
一緒に水族館に来れたことだけでも夢みたいなのに……。
プレゼントまで貰えるなんて。
「貰ってくれないと困る。
うちの家には似合わないから」
確かに、露木さんと可愛い形のこのペンギンは、イメージが合わない。
「すっごくうれしい、本当にありがとう！」
「いいえ、どういたしまして」
「大切にする」
こんなに嬉しくて、いいのかな。
こんなに上手くいって、いいのかな。
全てがうまく行き過ぎてて、怖くなる。
手の中に収めたペンギンをずっと見ていると、
光を跳ね返し、私の目をくらませた。
初めての、好きな人からもらったプレゼント。
両手で包みこむようにして、抱きしめた。

会話が途切れ、店内でこのテーブルだけが静寂を生みだす。
沈黙も会話のように感じて、心地いい。
前にも思ったけど、私は露木さんと過ごす空気感が好きみたい。
幸せだな。
こんな時間が、ずっと続けばいい。

――――――――

「ありがとう」

唐突にお礼を言う露木さん。
「どうしたの？　急に」
「急じゃないよ。……ずっと思ってた」
「ずっと？」
「そう、ずっと」

24ページ
露木 和弥

「ありがとう」

なんて伝えようかなって
いろいろ考えたけど、
君を目の前にして出てきた言葉は、ノートに書いた言葉と同じもの。

彼女がナオだと気付いたのは、浜本さんが持っていたノート。
浜本さんが持つノートには、俺のノートに書かれている文字と同じ形のものが並んでいたから。
始めは浜本さんがナオかと思ったよ。
でも、ちがった。
彼女は、岩崎さんにノートを借りただけだった。
本名を使うわけがない、あり得ないと思いながらも、
最近の俺は、ナオが『岩崎奈緒子』じゃないかと思っていた。
いや、今思えばそれは、そうであってほしいっていう俺の

願望だったのかもしれない。
それぐらい、俺は岩崎奈緒子に惹かれていた。
まさかナオが本名だとは思っていなかったけど、
今思うと、それも君らしい。
ノートの中のナオは、いつもまっすぐな人だったから。

気付いてたかな？
俺が、岩崎さんを、一目見た時から気になっていたこと。
あの時のまっすぐな視線が、俺を惹きつけたこと。
気が付いたら俺は、岩崎さんのことを目で追うようになってたんだ。
弱音ノートの相手が岩崎さんだと気付いた時、俺はそれをすんなりと受け入れられた。
驚きもなくて、ただ、岩崎さんがナオなんだって、思えた。

ひとりで強く生きていくんだ
ひとりでも強くいられる
ひとりでいられないのはその人の弱さだと
俺は、そう思ってた。
でも、ナオに教えられた。
ひとりじゃないことでの強さを。
ノートでのナオはいつも明るくて、
いつでも俺の弱音を聞いてくれる場所に……いてくれた。
俺は、そんなナオに弱音を書かなかった。
でも、いつでもそこにいてくれることで、俺は救われた。

目の前にいる、岩崎さん
ノートでの、ナオ
その全てが……俺を惹きつける。
どうしようもないぐらいに。
でも、俺は好きだとは伝えない。

絶対に。

25ページ 岩崎 奈緒子

『ありがとう』

なぜか私は、ノートでの露木さんが言っているように感じたんだ。
ノートを読んでいる、あの時と同じ感覚がしたから。
「ノート、いつもありがとう」
露木さんから、ゆっくりと発せられた言葉。
確かに聞こえているのに、
私に届くまでの時間は、とても長く感じた。
ねぇ……露木さん。
ノートという言葉は、私が思い浮かべてるものと同じもの?
ノートって、弱音ノートだよね?
頭の中には言葉が浮かぶのに……声は思うように出てこない。

「ずっと、お礼を言いたかったんだ。
ナオがどういう気持ちで俺のノートに書き込んだかはわか

らないけど、俺はナオの言葉に救われたから」
ナオ
それは私の名前だけど、私じゃなくて、ノートの私。
胸の、一番奥の部分が痛む。
どうしようもないくらい、
痛くて、
苦しくて、
切(せつ)ない。
ねぇ、露木さん?
私は少しでも、
ほんのちょっとでも、
あなたの苦しみを和(やわ)らげられたのかな?

「泣き過ぎ」
声の代わりに溢(あふ)れた涙が、頬を流れ、白いワンピースに落ちていた。
露木さんは、優しくハンカチを私の頬にあてる。
でも、止まらない。
涙は小さな嗚咽(おえつ)を交えながら、
しばらく続いた。

私はひたすら泣き続けた。
泣きたいのは、露木さんのはずなのにね。
泣いてしまったことを謝ると、
「全然、泣かせたの俺でしょ? むしろ、俺なんかのため

に泣いてくれてありがとう……だよ?」
そう言って柔らかく笑い、さっきまでの切なくて重たい空気はかき消された。

26ページ
岩崎 奈緒子

「で⁉」
佑実は目を輝かせながら先を促す。
「楽しかったよ‼」
私は佑実の家で、昨日の出来事を細かく報告していた。
「告白は?」
「できるわけないでしょ⁉」
「なんで?」
「だって……そんな雰囲気じゃなかったんだよ」
「そう? そのままの勢いで言っちゃえば良かったのに!」
「……まだ早いよ」
「そうかな?
露木君、奈緒のこと好きだと思うけどな」
「なんでそう思うの?」
「だってさ、露木君だよ?
あの真面目な人が、水族館に誘ったんだよ?
ノートのこともあるだろうけどさ、お礼言うだけならわざわざ水族館まで誘わないって!

絶対奈緒のこと好きだよ」
「そうかな〜？
なんか、お礼がしたいって感じだったけど」
「お礼？」
「うん、助けられたって」
「ふ〜ん、なんかもったいない……。
まぁ、仲良くなれたみたいだし、
これからいくらでもチャンスはありそうだね。
頑張るんだよ！」
両手を握りしめて、頑張れのポーズをする佑実。
「うん！」
正直、告白はまだできる気がしないけど、この気持ちはいつか伝えたい。
「そういえば、なんで私がノートに書いてるってバレたんだろ」
あの時は、感情がぐちゃぐちゃになり過ぎてて、そんなことまで気が回らなかった。
もしかして、書いてるところを学校で見られてたのかな？
「あ、それ、たぶんノートだよ」
「ノート？」
「私が奈緒に借りてたノート。
お店で勉強してる時、奈緒のノート見せたから。
文字でわかったんだと思うよ。
奈緒の字、特徴あるから。
メールでも『あのノートは浜本さんのですか？』って聞か

れたし」
そういうこと？
「たぶんだけど、メールも私がナオだって勘違いして送ってきたんだと思うよ。
じゃないと、意味わかんないし」
そんなところでバレてしまうなんて、思ってもみなかった。
「あ……」
何かを思い出した佑実は、手の平を上に広げ、私の目の前に差し出す。
「ん？」
「おみやげは？」
「…………ないです」
広げられた手は、そのまま私の頭を軽く攻撃してきた。

27ページ

露木 和弥

賑やかな店内のフロア。
美味しい料理は、きっと人を幸せにしてくれるんだろう。
どの席も楽しそうで、明るい色を放っているように見える。
落ち着いてはいるが、気取ってはいない。
この店のこの雰囲気は、決して妥協しないオーナーによるもの。
時給で選んで始めたバイトだけど、ここで働けることを俺は誇りに思ってる。
他の飲食店でも働いて感じたことは、本当に人のことを考えた接客をしている店は少ないってこと。
食事や会話の邪魔をしないよう、タイミングを見計らいそれぞれのテーブルへと向かう。
お客様の表情や、仕草、食事相手、全てのアンテナをお客様へと向け、仕事をする。
マニュアルのないオーナーの教えは、俺に働くことの楽しさと、責任感を自然と教えてくれた。

今日最後のお客様が店を後にすると、掃除と片付けを行い、

建物の裏にあるダストボックスにゴミを持っていく。
ボックスのフタを開き、ゴミを放り込んだ時、自分以外の影が足元に映ったのが見えた。
「お疲れ様」
後ろを振りかえると、そこには私服に着替えたバイト仲間の恵(めぐみ)さんが立っていた。
腰まで伸びた髪は束ねていたせいか、少しウェーブがかったものになっている。
「お疲れ様です」
「ちょっと話したいから、待っててもいい？」
明るい感じを装ってはいるが、いつもと違ってその表情は少し硬く見える。
「はい、まだ10分ぐらいはかかりますけど、大丈夫ですか？」
「うん、大丈夫。
そこのコンビニで待ってるから」
「わかりました」
コンビニへと向かう姿を見ながら、前にもこんなことがあったことを思い出す。
確かあれは、もう1年以上前のことだ。

―1年前―
「男って、女の人なら誰でもいいの？」
俺は何も言ってないのに、まるで俺がそう言っているかのように、恵さんの目は不信感を漂わせていた。

「いや、いきなりそう聞かれても答えようがないので、なにがあったか教えて下さい」
めんどくさそうに頭をかく姿は、整った外見に似合わない。
でも、それと同時に恵さんらしくも感じた。
上品で、可愛くて、綺麗。
俺が感じた、恵さんの第一印象はこれだった。
すぐにそれは、いい意味でひっくり返される。
「高居 恵（タカイ　メグミ）
名字じゃなくて、恵って呼んで。
あと、さん付けで呼ばれると気持ち悪いから、呼び捨てでいいよ」
外見にそぐわない、乱暴なその言葉と口調に、俺の思考は停止した。
「返事は？」
「え？」
「返事！」
「はい、わかりました。恵さん」
「ケンカ売ってる？」
「……売ってないです」
怒る姿もなんだか可愛らしくて、俺は思わず笑ってしまった。
怒ってるのに、怖くない。
もしかしたら、見た目ほど怒ってはいないのかも。

当時大学２年の恵さんは、俺と一緒に働き始めたにもかか

わらず、あっという間に仕事を覚えた。
実は他の飲食店でも働いたことがあったと聞いたのは、俺がやっと一通りのことをできるようになった頃だった。
『もっと早く教えてくれれば、俺は変に焦る(あせ)こともなかったのに』と伝えると、
『じゃあ、早く仕事を覚えたのは私のおかげだね』と威張るように言った。

「彼氏に浮気された」
これ以上ないほど簡潔な説明に、さっきの言葉にも納得した。
「で? どうなの?」
先を促されても、正直なんて答えればいいかわからなかった。
告白されることはあっても、付き合ったことのない俺には経験値が足りなかったから。
「……わからないです」
「ってことは、露木君でも浮気するんだ～」
「いや、そういう意味じゃなくて、俺には付き合った経験がないんでわからないんですよ」
「は? ウソでしょ?」
思いっきり怪訝(けげん)な表情で、俺を睨(にら)む恵さん。
「わざわざこんなウソつきませんよ。
どうせウソつくなら、いないのにいるって言います」
「私……ずっと彼女いるんだと思ってた」

「なんでそう思ったんですか？」
そんなこと、一言も彼女には言ったことがない。
「休憩中にいつもケータイで誰かに連絡取ってたから」
「あぁ……それ、弟ですよ」
「おとう……と？」
「はい。
親も俺も仕事で家にいないんで、こまめに連絡取ってただけですよ」
「なにそれ……私の勘違い？……」
頭を抱えるほどショック受ける必要はないと思うんだけどな。
「今まで、ひとりも？」
「はい」
そんな余裕は、俺にはなかったから。
「ハハ、そうなんだ。
私、バカみたい」
「ほんとですよ。
俺が経験豊富だと思って、こんなこと聞いたんですか？」
「あ、うん。
露木君だったら、まともな答え聞けそうだったから」
まとも、ね。
「だったら、一応答えますよ」
「え？」
「経験はないけど、俺なら絶対に浮気はしません。
他に好きな人ができたら、まずそのことを相手に伝えて別

れます」
あんな親たちのようには、絶対になりたくないから。
「そっか。
うん、わかった……ありがとう」
「参考になりました？」
「……全っ然！　経験のない子供に聞いた私がバカでした」
そう言って舌をベーっと出して、おどける。
強がりだと読み取ることはできたけど、あの時の俺は、わざと気付かないフリをした。

28ページ
高居 恵(たかい めぐみ)

YOWANE NOTE

人のまばらな24時間営業のファミレスの中。
私は大好きな人を前にして、震(ふる)える手を必死に押さえつけていた。

好きになったのは？
初めて会った時。
好きなところは？
崩れた笑顔。

アルバイトを始めたのは、彼と一緒のタイミングだった。
綺麗(きれい)に作られた笑顔に、私は始めから惹(ひ)かれていたんだ。
でも、本気で彼を好きになったのは、感情がこぼれた時の笑顔を見た時だった。
もう、営業用で見せる笑顔とは全然違ったの。
どうして彼がそんな風に笑ったのかは、その笑顔の印象が強過ぎて忘れてしまったけど、
今でもあの時の笑顔は私の中に焼き付いてる。
そして、バイトの中で彼に触れるたびに、私の気持ちはど

んどんと膨れ上がっていった。
『恋に落ちる』なんて言葉があるけど、その通りだと実感した。
私は、露木和弥っていう穴に落ちた。
どこにも捕まる場所がないから、行き着くところまで落ちて、もう出ることができそうにない。
年下なんてあり得ないって、ずっと思ってたのにな。
右手に巻いた腕時計の秒針がひとつ進むごとに、私の緊張は倍々に膨れ上がっていく。
「どうしたんですか？」
首を傾(かし)げながら私を捉(とら)える彼の目は、容赦なく私を刺激する。
「あのさ……」
「はい」
『言うぞ』と、5回心の中でつぶやいて、私は言った。

「私と、付き合ってほしい。
露木君が、好きなの」

キョトンとした目は、状況を把握できてないみたい。
だから私は、言葉を付け足した。
「ずっと、好きだったの。
初めて会った時からずっと」
私を捉える彼の目が、少し寂(さび)しそうなものに変わった。
それだけで、わかってしまう。

フラれるって。
「ありがとうございます。
……すごく、うれしいです」
言葉を選びながら、ゆっくりと喋る露木君の声が、胸の痛みに変わっていく。
「……でも、ダメなんだよね?」
なんでもないように、明るく、自分にとどめをさした。
そうでもしないと、今にも声をあげて泣いてしまいそうだったから。
「ごめんなさい」
フラれた私より、苦しそうな表情をするのは、反則だよ。
嫌味のひとつも言えなくなっちゃうでしょ?
バカ。

人のいない、夜の道。
ふたりの足音だけが聞こえる。
これが、恋人としてだったら、どれだけうれしいんだろう。
どれだけ……幸せなんだろう。
込み上げてくる感情を必死に抑える。
でないと、涙が溢れ出しそう。

ひとりで帰るって言ったのに、露木君は『家まで送る』と言って聞かなかった。
いまは、優しくされると痛いんだよ。
バ〜カ。

「あ、ひとつ聞いてもいいですか?」
「なに?」
「さっき、初めて会った時からって言ってましたけど、会ってからしばらくしたあたりって、彼氏いましたよね?」
「あぁ、あの浮気男ね」
「はい」
「いたわね、そんな男」
少しイジワルをしたくなった私は、大げさな喋り方で言った。
「だいたいあれは、露木君のせいなんだよね〜」
「え? どういうことですか?」
「私は、初めて会った時から露木君を好きだったの。
だけど露木君が紛(まぎ)らわしいことをするから、私はあなたに彼女がいるって勘違いして、ヤケクソであの男と付き合い始めたのよ」
「えっと……紛らわしいことって、なんですか?」
「ケータイ。
バイト中にいつも抜け出して、誰かと連絡取ってたでしょ。
あれで、私は露木君に彼女がいるって思ったの」
「あれは」
「知ってる。連絡取ってたのは弟さんなんだよね。
でも、あの時の私は、彼女がいる!って思ったの。
つまり……私があの時傷付いてたのは、露木君のせいってこと」

なんとも言えない表情のまま、露木君は固まってる。
やり過ぎたかな？
「冗談よ」
「ウソ、なんですか？」
「ウソじゃないわよ。でも、露木君のせいじゃない。
私が勝手に勘違いしただけ。
フラれたから、少しイジワルしてみたの。
まあ、私も露木君と仲がいいあの子に冷たくしちゃったし、
お互い様ってことで」
「あの子？」
白々しい。
もう、誰かなんてわかってるくせに。
そんな優しいウソはいらないけど、
まだ大好きだから、乗ってあげる。
「紅茶サービスしてる子」
まるで今思い出したように、彼は振舞った。
「あぁ、あの人ですか。……大丈夫ですよ。
彼女じゃないですから」
だったら、なんでそんな顔するの？
ずっと見てるんだから、わかるって、それぐらい。
「本当に、そんなんじゃないんです」
優しく笑う露木君は、柔らかいのに、触れると痛い。

29ページ　岩崎 奈緒子　　YOWANE NOTE

「この参考書わかりやすいらしいよ？」
佑実は手に取った薄めの冊子を私に差し出す。
夏期講習の帰り道、私たちは本屋の中で英語の参考書を物色中。
う〜ん……。
手にとってパラパラとめくるが、正直、私にはどれが良くてどれが悪いかなんてわからない。
わからないから、言われるがままに買おうと思っていた。
「こっちのほうがいいよ」
佑実とは反対側から幼い声が聞こえる。
振り向くとそこには、小学生くらいの男の子。
そして手には英語の参考書。
「私に？」
男の子はニコッと音が聞こえそうな笑顔を見せて頷いた。
「その参考書より、こっちのほうがわかりやすいよ」
せっかく教えてくれているのに断るわけにもいかず、私は参考書を受け取った。
「ありがとう、見てみるね」

パラパラとめくり、内容を見比べていると、男の子が口を開いた。
「ねぇ、お姉さんは彼氏いるんですか？」
初めて会った知らない男の子からの、突然の質問。
私はわけがわからずに固まってしまった。
彼氏……？
私は、彼氏なんていたことないよ？
「このお姉さんに彼氏はいないんだよ～」
佑実が私の代わりに答えてくれる。
「そうなんですか？」
佑実から私へ視線を移す男の子。
「うん」
なんだか、この子見たことがあるような……。
「そうですか」
そう言うと、明らかに残念そうな顔をして走り去っていった。
立ち尽くす私と佑実は、ふたりで首をかしげる。
「なにあれ？」
「さあ」

結局買ったのは、男の子が選んでくれた参考書。
佑実に見てもらったら、こっちのほうがわかりやすいって言われた。
佑実も買っていたくらいだから、本当にわかりやすいんだろう。

今度見かけたらお礼言わないとね。
でも……なんか引っかかるのはなんでだろう。

水族館に行った日から１週間。
相変わらず勉強と称しては、毎日お店に通っている。
もちろん勉強もしてるよ。
露木さんを見て……合間に勉強。
……このほうが効率いいんだよ？
ほんとに。
気になるものをそのままにしてたら、勉強が手につかないでしょ？

今日は夏祭り。
ここで佑実と待ち合わせて、一緒に行く約束。
人の流れが夏祭りに流れているのか、店内は人が少なくて穏やか。
「どうぞ」
差し出された紅茶は、勉強で沈んだ私の気分を持ち上げる。
「ありがとう」
水族館から露木さんとの間に特別な変化はない。
少し、さびしい。
メールしようか悩んだけど、忙しいだろうなって考えると
私からはメールを送ることができなかった。
私は仕事姿をしばらく眺めたあと、露木さんモードから、
勉強モードへと頭の中を切り替える。

せっかく見つけた先生という目標には大学に行く必要があるんだから。
甘めの紅茶を一口飲み、
昨日男の子が選んでくれた参考書を開いて勉強にとりかかる。
よし!!
先生になる。
これは露木さんのように苦しんでいる人を、少しでも助けてあげることはできないかと思ったから。
カウンセラーや、心理学、行政の支援に関わる、っていう選択肢もあったけど、それはもう助けを求めている段階での助けにしかならない。
露木さんのように、自分の中に留めている人はそんなところにはまず来ないだろう。
そんな風にいろいろ考えていると、生徒の日常に一番近くにいる、先生という職業に辿り着いた。
私にどこまでのことができるのかはわからない。
もしかしたら、なんの力にもなれないかもしれないし、苦しんでいることに気付いてあげることすらできないかもしれない。
でも、それはなってから考えればいい。
まずは、そこに辿り着かないとね。

カチャ
近くからの音に、私はノートから顔を上げた。

「失礼しました」
露木さんが紅茶を淹れてくれていたみたい。
「すみません、集中していたようなので邪魔しないようにしてたんですが……」
「ありがとう、ちょうど飲みたかったところ」
「どうぞ」
いつもと同じ言葉で、いつもと同じように私に紅茶を差し出す露木さん。
「最近、前にも増して頑張ってますね」
「うん、やっと見つけた目標だから」
最近の私は充実していた。
目標もできて、勉強にも力が入る。
露木さんとの距離も、確実に少しずつ近づいてる。
露木さんを眺めていると、昨日の男の子がなぜか頭に浮かんできた。
あの男の子、会ったことないはずなのに見覚えがあるように感じたんだよな。
なんでだろ。
どこか引っかかったままで、気持ち悪い。

「お待たせ！」
佑実が到着。
私はテーブルに広げていた参考書を自分のほうへ寄せる。
「頑張ってるね、勉強も……露木君も」
「まぁね。どうする？　すぐ行く？」

「まだ暑いから、もう少しここで勉強して涼しくなってから行こうよ」
「了解」
佑実と私は、外の気温が下がり始める時間まで、お店の中で勉強して過ごした。

外に出ると陽は傾いていて、時折吹く風が少し涼しさを感じさせた。
「あの子、昨日の子じゃない？」
佑実が指した方向にはベンチに座った昨日の男の子。
私はお礼を言おうと、男の子のほうに歩きだす。
「こんにちは」
「こんにちは」
わざわざ立ち上がり、私たちにお辞儀をする。
礼儀正しい子だな。
「昨日はありがとう、あの参考書わかりやすかったよ」
「ほんとに⁉　なら良かった！」
男の子は昨日と同じ笑顔を見せてくれた。
この笑顔……。
私はまた引っかかるものを感じた。

「お待たせ！」
私たちにではなく、男の子に話しかけるショートカットの女の子。
「誰？」

少し敵意がある視線を私たちに向ける。
「知ってる人。これからお祭り行くんだ。
じゃあね、お姉さん！　バイバイ！」
そう言いながら女の子の手をとり、走っていった。
「やるね、あの子！」
その様子を見て、佑実は冷やかすように言った。
「ほんとに、手までつないで」
まだ小学生ぐらいだと思うけど、もう手をつないで夏祭り
デート。
私は好きな人と手すらつないだことがないのに。
そんなことを考えてると、私の左手が誰かに握られた。
「今日は私で我慢しなさい」
私と手をつないでいるのは佑実だ。
「それ、根本的にちがうから」
「やっぱり？」
笑いながら手を離し、お祭りに向かった。

お祭りは人、人、人。
歩くのもままならない。
大きな川の水辺に沿うように、隙間なく露店が並ぶ。
「あっち行こう」
佑実が行こうと行ったのは、露店が並んでいるところとは
逆方向、川の堤防だ。
まだ花火が始まってないせいか、数人の人が始まるのを待
つだけで比較的人が少ない。

「ここで座ってようよ、そのうち花火も始まるだろうし」
「そうだね」
私たちの目的は花火を見ることだったから、
露店巡りは諦めて、堤防で過ごすことにした。

堤防は思っていたより、快適だった。
人も少なくて、風が通るから涼しい。
なにより、このお祭りの雰囲気をゆっくりと感じることができた。
暗くなった空に、いろんな色の提灯の光が並び、
たくさんの露店に人が行き交う光景は、賑やかというよりは、少しうるさいくらいだけど、
誰もが上機嫌で、どこかそわそわとしていて、楽しげだ。
顔だけで見上げた夜空は、お祭りの光で暗闇が薄く見える。
「奈緒」
「ん？」
目だけで隣を見ると、佑実も私と同じように空を見上げていた。
「私、大学受験やめる」
「え？　どうして？」
私は佑実に顔を向けるけど、佑実の視線は空に向けられたまま。
「演劇だけ、やろうと思って」
……そっか。
そういうこと、か。

だったら、私にできることはひとつだけ。
「応援する」
「ありがと」
「劇団に入るの？」
「入るつもりではいるけど、学校にも行こうと思ってる」
「学校？」
「そういう専門学校もあるの」
そんな学校あるんだ。
知らなかった。
「まだ親にも言ってないから、どうなるかわからないけどね」
佑実の横顔に、迷いは見えない。
「佑実なら、大丈夫」
「……うん」
私は、知ってるから。
佑実がどれだけ演劇に打ち込んできたか。
どんな風に、夢と向かい合ってきたか。
叶うかどうかなんてわからなくても、私は信じてる。
佑実なら、きっとできるって。

「隣、いいですか？」
声のほうには、またもやあの男の子と女の子。
「どうぞ、よく会うね」
私たちの隣にふたりが座る。
「今日はこれを見るのがメインだから」

本当に楽しみだと言わんばかりだ。
「その子は彼女？」
「うん！　真歩っていいます」
柔らかい、この笑顔。
やっぱりどこかで……。
まっすぐに向けられた視線が、誰かと重なる。
「ねぇ、徹。飲み物ちょうだい」
とおる？
あれ？
もしかして……まさか……。
「あのさ、名前、徹君って言うの？」
「あれ？　言ってませんでしたっけ？」
聞いてない！
「もしかして、露木和弥さんって徹君のお兄ちゃん？」
「はい」
私の言葉を聞いて、佑実は驚いて男の子の顔を見るように
体を伸ばした。
「弟さん!?」
「え……はい……なんかダメでした？」
「ダメじゃない……。
ダメじゃないよ」
やっとわかった。
ずっと引っかかっていたのはこれだ！
どこかで見たことがあるって思ったのも、
笑顔が引っかかったのも、露木さんに似ているからだ！

もっと早く気付きそうなものなのに……。
私と同じように、隣では佑実が驚いている。
「……だって……奈緒。
露木君と付き合ってるって言っとけば良かったね」
「いや、良くないでしょ」
その時、夏祭り用に設置されたスピーカーから放送が流れた。
「大変お待たせいたしました！
ただいまより、花火の打ち上げを開始致します。」
ざわつく周りとは全く違うことを考える私。
そっか。
徹君ってこの子か。

花火は思っていたより、近い場所で打ち上げられているみたい。
視界いっぱいに広がる、色鮮やかな花火。
身体の芯に響く音。
大きな空に広がるその景色を見ながら、
露木さんと見たかったな、
なんて、思ってしまう。
欲張りかな？

花火は最後にこれでもかという数を打ち上げ、盛り上がったまま終わりを告げた。
「徹君！　すごかったね！」

「うん！」
確かに、夏祭りメインの花火だからそんなに期待していなかったけど、十分満足できた。
「僕たち、先に帰りますね」
え？
せっかく会えたからもう少し話したい。
立ち上がり、帰ろうとする徹君。
「私たちも帰るから一緒に帰ろうよ。
もう時間も遅いし、ね、奈緒」
もちろん私は賛成した。

私たち4人はお祭りの会場を抜けようと、人混みの中に突入した。
こういうところって、小さな子のほうが歩くの速いんだね。
私たちのほうがついていく感じ。
徹君の足が止まったのは、出入り口の近く。
人が比較的少ない場所。
「露木ー！　今日は真歩ちゃんに何買ってもらったのー？」
男の子数人の笑い声が聞こえた。
あの子たち、徹君と同い年くらいだろうな。
同じ学校なのかな？
「無視だよ！　徹！」
「わかってる」
無表情のまま徹君は、声のほうに見向きもしない。

「無視すんなよ！
貧乏人の露木徹くーん！」
なおも叫ぶ男の子。
なに？　あの子たち？
「行こう」
真歩ちゃんに手を引かれ、徹君は再び歩き出す。
「あれ〜？　行っちゃうの〜？　弱虫君。
そんなんだからお母さん自殺しちゃったんじゃないのー？」
自殺？
お母さんって自殺したの⁉
「定時制にしか行けない、バカな兄ちゃんによろしくなー！」
徹君はまた立ち止まり、一度大きく深呼吸をした。
「ごめん、真歩」
そう言いながら男の子たちめがけて走っていった。
そこからは１対５のケンカだ。
止めようと前に進むと、真歩ちゃんの手で止められた。
真歩ちゃんは、黙って見てる。
「止めなくていいの？」
「いいんです」
真歩ちゃんは目を逸らすことなく、まっすぐに徹君を見つめていた。
自殺という言葉が、私の頭の中を支配する。
露木さんが苦しんでたのは、きっとこれだ。

私と佑実は今、警察署で並んで座ってる。
ケンカは警察官が来ることで終わった。
周りにいた人たちが呼んだみたい。
私たちはすぐに解放されたけど、徹くんはまだ奥にいる。
リーダー格の男の子と、その母親もいる。
お母さんの自殺という言葉に、私の気持ちは収まる場所を失ったように動き回っていた。
「すみません、徹君の保護者の連絡先知りませんか？
なにも話してくれなくて……」
警察官にそう聞かれた私は、すぐに露木さんの名前とケータイの番号を教えた。

露木さんはすぐに来た。
周りを見渡し、私たちを見つけ、駆け寄ってくる。
「すみません！　ご迷惑おかけして」
「いえ」
「徹は？」
「まだ、中で話してるみたいです」
「そうですか、
本当にありがとうございました！」
深々と頭を下げる露木さん。
お母さんが亡くなって、この人はどれだけ傷付いたんだろう。
その傷は今なお、痛み続けてるんだろうか。

そんなことを考えていると、横から別の声が割って入ってきた。
「ちょっと露木さん！
あんたどういう教育してるの!?
うちの子に怪我までさせて！」
ケンカ相手の母親が言った。
「本当に申し訳ありませんでした！」
その姿を見るなり、露木さんは大きく頭を下げた。
「突然殴ってきたらしいじゃない！
あんたたち、おかしいんじゃないの？」
なによ？
それはないでしょう？
「それは違います！
徹君は彼がお兄さんと亡くなったお母さんをバカにしたから殴りかかったんです」
口を出さずにはいられなかった。
だって、こんな風に怒られたり、嫌味を言われるようなことを徹君はしていない。
私の目を見た後、その母親は自分の子に話しかけた。
「なんて言ったの？」
「……お前がそんなんだから母さん自殺したんじゃねーの。
定時制にしか行けないバカな兄ちゃんによろしく」
小さな声でボソボソと呟く男の子。
聞き取った彼女は立ち上がり、ひとつため息をついてみせた。

「何を言ったかと思えば、それって事実なんでしょ？
私にはあなたが何を言いたいかわからないわ」
え？
何を言ってるの？
私は思わず口に出しそうになった言葉を飲み込んだ。
露木さんが、静かに喋り始めたから。
「そうですね。
……確かに事実ですね」
「でしょ？」
彼女はひきつった笑顔を見せる。
「怪我を負わせてしまったこと、殴りかかったことは全面的に謝ります」
「当然よ！」
「でも、僕は少し徹を見直しました」
「なによ、それ？
うちの子が悪いってこと？」
「それは、お母さんが判断してください。
……ひとつ聞いていいですか？」
「なによ」
「事実であれば何を言ってもいいんですか？
確かに僕は定時制に通ってます。
母親も自殺しました。
でも、分別のつく年齢の息子さんが、さっきの言葉を徹に言うのは正しいことですか？」
何も言い返せなくなったのか、彼女は押し黙ったまま、

しばらくすると息子の手を引き出て行った。

「庇(かば)ってくれてありがとうございます」
また露木さんは、私に頭を下げる。
「そんな、逆にことを大きくしただけのような……」
「そんなことないですよ。ちょっとスッキリしました。
でも、まぁ、世間からすればそんな風にしか見えないんでしょうね。
慣れてるから大丈夫ですよ」
軽く笑い、場を暖かくする。

慣れてる。

簡単に言ったその言葉は、一体どんな思いをして、言えるようになったんだろう。

30ページ　露木 和弥　YOWANE NOTE

虫の声がうるさい。
夏もあと少しで終わるな。
風も涼しさを含んでる。
俺は今、徹とふたりで家に帰るところ。
1時間前、警察から呼び出しがあった。
徹が同級生とケンカしたらしい。
理由は俺らにいつも付きまとうもの。
まだ幼い徹に、気にするなと言ってもこいつはそうはいかないだろう。
昔の俺がそうだったように。
やりたいようにやればいいんだ。
俺は、ほんとにそう思ってる。
間違ってることなら俺が、間違ってると言ってやるから。
お前には、思うがままに生きてほしい。
それは、俺にはできなかったことだから。
……こんなことを言ったら、きっとお前は押し付けるなって言うんだろうな。
でも、お前は、俺のたったひとりの家族だから。

これぐらいの我儘(わがまま)はゆるしてくれ。

「徹、そういえばどうして岩崎さんと一緒にいたんだよ」
「岩崎さんって写真の人？」
「写真？」
「水族館の写真の人でしょ？　引き出しの」
な⁉
「勝手に見るなよ！」
隠してたのに……見られてたのか。
「じゃあ、鍵かけといてよ
……で、岩崎さんってどっち？」
「そうだ。写真の人だよ」
「やっぱり？　いい人だよね。
さっき庇(かば)ってくれてるのこっちまで聞こえたよ」
「真っ直ぐな人だよ」
「好きなんだ？」
「どうだろね」
好きだよ。
「好きなんだ！　兄ちゃんの嘘(うそ)は通用しないよ」
ニヤニヤと笑いながら、俺の顔を指差す。
「兄ちゃんは嘘下手だよね」
そんなことはない。
徹だけだ。
俺の嘘を見抜くのは。

好き……だよ。
店に彼女が来る度に思い知らされる。
俺は彼女のことが好きなんだって。
いつも来る時間に来ないと、俺は窓の外を気にし始める。
今日は来ないのかなって…………まるで初恋をした小学生だ。
告白はしないと決めたくせに、未練たっぷりで彼女を待つ自分に呆(あき)れる。
自分がこんなに情けない男だとは思わなかった。
こんなに好きでも、好きって言葉を口にしないのは自分が傷つくのを恐れてるから。
岩崎さんのためでもなければ、徹のためでもない。
無理矢理、徹のためとか、俺じゃ岩崎さんに釣り合わないからって考えることもできるけど、
それは嘘だ。
俺は怖いんだ。
一度心を許した相手を裏切ること、裏切られることが。

他に女を作り帰ってこない父親。
幼い徹を置いて男のところに通う母親。
ふたりを見ながら育った俺は、何が大切なものかわからなくなったことがある。
大切だと思っていた両親は俺の中で大切ではなくなっていったんだ。
大切が大切でなくなることがあり得ることなんだとわかっ

て、俺は怖くなった。

日常の中で、この価値観の変化はまだ幼い俺には難しく、
徹ですらもどうでもいいことのように思えて、
まだ幼い、大切な守るべき存在として俺のそばにいた徹を放置した。
徹がまだ３才の頃だ。
新聞配達をして、いつもならすぐに帰るのに、
散歩して、意味もなく１日フラフラし、公園で寝た。
両親はその頃、家に帰ることのほうが珍しくて、いないのが当たり前だった。
だから、俺はわかってやったんだ。
徹がひとりになるって、わかってて家に帰らなかった。
公園で起きた俺は怖くなり、必死に走って帰った。
１日振りに帰った俺を、徹は満面の笑顔で出迎えた。
散々泣いたんだろう。
涙の跡がついた徹の顔。
俺は自分のバカさ加減に呆れて、自分自身が怖くなった。
これじゃ、両親と同じだって。
徹は、俺の大切な弟だろって。
泣く俺を、徹はどうしたの？って優しく気遣(きづか)うんだよ。
優しさが……これほど痛かったことはなかった。

31ページ 露木 徹

YOWANE NOTE

兄ちゃんの嘘はわかりやすい。
一度目を細めて、いつもより大きく見開くんだ。
本人も気付いてない癖だよ。
きっと、苦しいんだろうなって思う。
兄ちゃん……真面目だから。
兄ちゃんが嘘をつくのは意味があるんだ。
それは、いつもなにかを守るため。
大抵は僕だったり、母さんだったりね。

僕は兄ちゃんを苦しめる、母さんが嫌いだった。
いなくなればいいと思った。
そしたら、ほんとにいなくなったんだ。
僕のせいじゃないんだろうけど、それは僕のせいのように思えた。
願ったという事実だけが、心にチクチクとした痛みを残す。
母さんはいたらいたで兄ちゃんを苦しめたけど、いなくても苦しめるんだよ。
どうすれば、兄ちゃんは楽になるんだろ。

あのお姉さんなら、兄ちゃんを元気にできるのかな？

8月28日
AM2：45
毎朝、兄ちゃんはこの時間に新聞配達に行く。
いつも思うけど、人間じゃない。
だって、帰ってきたの23時過ぎてるんだよ？
頑張り過ぎなんだよ。
僕はそんな兄ちゃんを見てると、いつも考えてしまうことがある。
僕がいなければ、兄ちゃんはもっと楽だったんじゃないのかなって。
兄ちゃんは僕が知らないと思ってるんだろうけど、僕は知ってるよ。
僕と兄ちゃんが、半分しか兄弟じゃないこと。
母さんが火葬場で焼かれてる時、おばさん達が喋ってるのを聞いたんだ。
焼かれている母さんを想像した僕は怖くなって、ここにいろって言われたのに、声がする方向に兄ちゃんを探しに行った。
「血が半分しか繋がってない兄弟と一緒にいてどうするの⁉
私たちは面倒なんてみれないから、さっさと父親に引き渡しなさい‼」
僕ははじめ、おばさんが何のことを言ってるのかわからな

かった。
でも、すぐに兄ちゃんの言葉で理解した。
「徹は俺の弟です。
あんな父親に徹は任(まか)せられません。
それに、助けていただかなくても、俺達だけで生活できます」
兄ちゃんはおばさん達の言うことを聞かなかった。
「あなたが良くても私達が良くないのよ！
何かあれば、私たちに降りかかるんだから。
それに、あなた達ふたりで生活するなんて、私達の世間体だって良くないわ」
「今までだってほっといたじゃないですか。
いまさらそんな風に言わないで下さい。
なんと言われようと、徹は渡しません」
兄ちゃんは最後まで僕を渡さないと言い張った。
僕は兄ちゃんと半分しか血がつながっていないということにショックを受けるよりも、僕を守ろうとする兄ちゃんがうれしかった。

誰もいない部屋の中で立ち上がり、引き出しから1枚の写真を取り出す。
そこに映るのは、いつもとは違う兄ちゃんと岩崎さん。
ふたりで水族館に行ったみたい。
兄ちゃん表情が硬いんだよ。
それは隣のお姉さんも一緒だけど。

母さんが死んでからの兄ちゃんはいつも苦しそうだった。
でも、1ヶ月が経ったころから兄ちゃんは元の兄ちゃんに戻っていった。
これには岩崎さんが絡んでると僕は勝手に思ってる。
写真を見る兄ちゃんを見れば、きっとみんなそう思う。
元々兄ちゃんは人があまり好きじゃないんだ。
いろんなことがあったからね。
そんな人が、毎日この写真をじっと見つめるんだよ？
この人は、きっと兄ちゃんの好きな人。
それも、僕が知る限り、初めての好きな人。
うれしくて、少し寂しくて、悔しい。
だって兄ちゃんはこの人の言葉で立ち直ったんだよ。
僕が何を言っても上の空だったのに。
……でも、やっぱりいいことだよね。
写真を元の場所に戻す。
バレたら怒られるから。
もう一度布団の中に入って見上げた天井は、何故だかいつもとは違うように見える。
僕は、兄ちゃんのいない暗闇の部屋の中でひとりつぶやいた。
「決ーめた」
僕が兄ちゃんにできること。
今、頭の中に浮かんだんだ。

8月28日
AM 8 : 15
私は勉強道具を入れた鞄を持ち、家を出る。
日差しは強いが、朝の空気はまだ冷たさが感じられて気持ちいい。
夏休みも、今日を入れてあと4日。
もう終わってしまう。
思い返すと、この夏休みでずいぶんと露木さんと仲良くなれた。
少し前まで、話すこともままならなかったのに。
今じゃ普通に話しかけてくれるし、水族館にも一緒に行った。
ケータイのアドレスも知ってる。
夏祭りの後には、あの日のお礼と勉強頑張って下さいってメールまで来たんだよ？
私は返信するのに20分もかかった。
だって、なんて返したらいいかわかんないんだもん。
男の人とメールなんて、お父さんとしかしたことないし。

ノートを見ながら、どんな人だろうって想像してた頃がもう何年も前に感じる。
それぐらい、この数ヶ月間は密度の濃いものだった。
露木さんを知るたびに、私の気持ちは大きくなる。
今、私が好きだと伝えたら、なんて答えてくれるんだろう。
断られるかな？
受け入れてくれるかな？
恋人になれたら、
露木さんを助けられたら、
苦しみを和らげられたら、
露木さんの隣にいることができたら、
どんなに幸せだろう。

夏休みが終わると、露木さんの店に毎日通うのは難しくなる。
店には行けるけど、露木さんがいる時間には行けない。
なんとかならないかな。
そんなことを繰り返し考えながら、私は露木さんのいる店へ向かう。
結局なにも思いつかないまま店へ到着……だけど、店の前には徹君が立っていた。
「なにやってるの？　徹君」
「岩崎さんを待ってました」
「私を？」

「はい！」
露木さんと同じ雰囲気を持つ笑顔を、私に向ける。

店の近くにあるベンチに、並んで座った。
ここで露木さんに助けてもらったな。
あの時から、私たちの距離は急速に近づいた気がする。
「お姉さん」
別のことを考える私の意識を、徹君が引き戻す。
「なに？」
「お姉さん、兄ちゃんのこと好き？」
真っ直ぐに聞くね。
「好きだよ」
少し迷ったけど、ほんとのことを言った。
徹君に嘘をつく意味もないしね。
「それは、友達として？　男として？」
「男の人として……だよ？
でも、このことはお兄ちゃんには秘密にしてね！
自分で直接伝えたいから」
私は、小学生の男の子に向かって何を言っているんだろう。
「どれくらい好き？」
「……わからない。どれくらいなんだろね」
言葉で表現できないや。
「見た目？」
「確かに、お兄ちゃんはカッコイイね。
でも、私が好きになったのは見た目じゃないよ。

……なんて言えば伝わるかな」
私は何か伝えたくて、露木さんとのやりとりを思い出す。
痛みを伴いながらも、たくさんの色が混ざった感情が私を満たす。
これを、どう伝えればわかってもらえる？
私は、まるで露木さんに告白をするような、
そんな風に言葉を探していた。

どれくらい考えていたんだろ。
私の探すものはみつからないまま、徹君の言葉によって沈黙は終わる。
「もういいよ。
どれぐらい好きか、なんとなくわかったから」
「いいの？」
「うん。お姉さんの顔に出てるしね」
……私はどんな顔をしていたんだろう。
「でも、良かった」
徹君は言葉の通り、ほっとした表情をする。
「なにが？」
「兄ちゃんの片思いだったらどうしようかと思ってたんだ」
「え？」
それは、露木さんが私のことを好きってこと？
私の勘違いかもしれない。
だって、そんな都合のいい話ないでしょう？

露木さんが、私のことを好きだなんて。
「聞いてる？」
怪訝な顔をした徹君が、私の顔を覗き込む。
「ごめん、ちょっと動揺して。
お兄ちゃんが、私のこと好きって言ったの？」
「ううん、そうは言ってなかった」
やっぱり……。
「でも、間違いないよ」
「なんでわかるの？」
「弟だから」
そう言われると納得してしまうから不思議。
「兄ちゃんの嘘は、僕にはわかるんだ。
どうしてわかるか教えてあげようか？」
「うん、教えて！」
「いいよ！　お姉さんには特別に教えてあげる。
でも、ひとつだけ約束して」
そういう徹君は、なぜか少し哀しい目をしていた。

33ページ 浜本 佑実

8月30日
PM 8：00
今日の奈緒は変。
元から変わった子だけど、今日は一段と変。
塾でもずっと上の空。
きっと今日のノートは借りても役に立たないな。
「……で？　露木さんのこと？」
私は答えのわかっている質問をした。
「なんでわかったの？」
そりゃ、わかるよ。
いつも行く露木さんの店じゃなく、こんな騒がしい店に連れてこられたんだから。
それに、徹君は私のところにも来たしね。
私は、あの子の将来が怖くなったよ。
いい意味でね。
頭もいいし、思いやりもある。
でも、あの年であそこまで人を思いやれるのはどうなんだろう。

子供らしさをどこかに置いてきた感じ。
それはきっと、あの子なりに周りを見て自ら選んだことなんだろうけど。
少し、切(せつ)なさを感じてしまう。

で……あの子が私に頼んだのは、奈緒子にあることを伝えること。
ファーストフード店の中は、学生であろう人たちが夏の終わりを惜しむように騒ぎまくってる。
ちょっと静かにしてくれないかな。
ただでさえ言いにくいことなのに、この雰囲気。
……私は気を取り直し、奈緒との会話を進めることにした。
「露木さんのこと話したいから、この店なんでしょ？」
「なんでもお見通しだね」
奈緒はいつもの3割増しの笑顔を私に見せ、ゆっくりと昨日の出来事を話した。
私は迷うことなく返事をする。
「いいよ。協力してあげる。
奈緒のためでもあるし、徹君にも直接頼まれたしね」
「徹君、佑実のところにも行ったの!?」
「うん。昨日、ね」
「そうだったんだ」
どうやって切り出すかな。
こういうの苦手なんだよな。

「徹君に、奈緒に伝えてほしいことがあるって言われたの」
「なに？」
「露木さんたち、9月3日に広島に引っ越すんだって」
「え？」
さっきまでの笑顔が嘘のように、奈緒の表情が暗くなり、時が止まったように固まる。
わかってはいたけど、やっぱり気分のいいものじゃない。
私は、奈緒が受けとりやすいように、ゆっくりと続きを喋る。
「今、露木さんの家は保護者がいないでしょ？
だから、親戚のいる広島に行くんだって」
奈緒は呆然として、言葉を発することができないでいる。
「ねぇ、奈緒。露木さんのことが好きなら、告白したら？」
奈緒の視線がゆっくりと動き、私を捉える。
「告白？」
「そう、告白。
伝えるにはちょうどいいタイミングでしょ？
それに、伝えないままでいいの？」
「――嫌だ」
「でしょ？　だったら、思い切り楽しんで、奈緒の気持ち伝えようよ。私も協力するからさ」
奈緒の気持ちを表すように、視線はさまよい始める。
「でもさ、いなくなるんだよね？
だったら……言わないほうがいいんじゃないかな？」

「奈緒は本当にそれでいいの？　絶対に後悔すると思うけど」
奈緒は絶対に告白する。
ううん……させてやる。
「上手くいっても、遠距離じゃ続かないだろうし」
「そんなありきたりなことは聞きたくない。
第一、あんたの気持ちはそんな軽いもんじゃないでしょ？」
奈緒も露木君もビビり過ぎなんだよ。
傷つくのを恐れてたら、何も手に入らない。
そのことを、ふたりはよく知ってるでしょ？
踏み出しなさいよ！

相変わらず、うるさい店内。
私も、奈緒も、それどころじゃなくなってる。
長く続く沈黙……私は奈緒に釘を刺した。
「告白するには早過ぎるとか言わないでよ？
いなくなるのがわかってるんだから、これ以上いいタイミングはないでしょ？」
奈緒の視線は、まださまよったまま。
「伝えないまま終わることは、私が許さないよ？
徹君が伝えたこと、無駄にしないで。
私も、徹君も、奈緒を応援してる」
力ない視線が、ゆっくりと変化していくのがわかる。
「露木君が奈緒から離れたくないって思うような可愛い服着てさ、広島に行くこと後悔させてやろうよ」

「……それ、いいね」
弱々しいけど、奈緒が前を向いた。
「でしょ？」
私はニヤリと含みのある笑顔をしてみせる。
「そんな風に思ってくれるかは別として、私の気持ちは伝えるよ。
……ありがとう、佑実」
元気とは言い難(がた)い、奈緒の表情。
それでも、その気になったなら、それでいい。
伝えないと、何も始まらないんだから。
「そうと決まったら買い物行かなきゃね」
「うん、付き合ってくれる？」
「もちろん」
奈緒が、一歩踏み出す。

これでいい。

34ページ

岩崎 奈緒子

YOWANE NOTE

9月1日
PM0：15
学校の始業式を終えた私は、佑実とふたりで露木さんの働くお店に向かった。
今日は、徹君との約束の日。
あんな交換条件出さなくても、私は協力したのに。
徹君は、私に露木さんの嘘(うそ)を見破る方法を教えてくれた。
その代わりに、私は今日、徹君に協力する。
まずは、店の飾り付けだ。

「遅いよ！」
店に入ると、徹君と真歩ちゃんはすでに準備に取りかかっていた。
「すぐ手伝うよ」
鞄を置いて、私たちも作業に加わる。
「テーブルに置いてある紙使って、1枚に一文字ずつ大きく書いて！」
徹君からの指示が飛ぶ。

「了解」
どっちが年上なんだかわからない。
字の上手い佑実は、1枚ずつ丁寧に文字を書く。
「なんか楽しいね」
「うん」
私は、徹君に感謝してる。
だって、徹君に教えてもらわなかったら
私は今日が何の日か知らないままだったから。

「これ、届かないからかけてください」
わっかを繋げた飾りを持った真歩ちゃんが、私を見上げていた。
「いいよ」
椅子の上に立ち、真歩ちゃんからわっかを受け取り、壁に引っかけていく。
「ねぇお姉ちゃんは、和弥さんが好きなの？」
また、この質問？
っていうか、私ってそんなにわかりやすいのかな。
「うん、そうだよ」
「ほんとうに？」
真歩ちゃんの顔には、怪しいと書いてある。
「うん、本当に」
「ふ〜ん。
じゃあ、将来は姉妹になれるかもね」
え？

「だって、わたしは徹のお嫁さんになるから」
今までとは全く違う、とびっきりの笑顔が私に向けられた。
その笑顔は、ぎゅ〜〜〜っと抱き締めてしまいたくなるほど可愛い。
「真歩ちゃんは、徹君が好きなんだ」
「うん、大好き」
こっちが恥ずかしくなってしまうぐらい、真っ直ぐな想い。
「ねぇ、真歩ちゃんは、徹君のどこが好きなの？」
「全部」
即答だね。
「あ、さっきのはナシ。徹ってたまにウソつくから」
「ウソ？」
「うん」
「どんなウソ？」
「わたしのこと、嫌いだって言ったの」
「どういうこと？」
「この間も見たからわかると思うけど、徹って学校でイジメられてて」
悪口を叫ぶ男の子たちの姿が、頭の中に浮かんだ。
「わたしは、クラスがちがうからそのこと知らなくて。徹は、わたしを巻き込みたくないから、わたしが徹に近付かないように、『嫌い』だって私に言ったの」
やさしいウソ。
聞いているだけで、胸が痛くなる。
「バカなんだよね。

そんなことでわたしが徹に近付かなくなるわけないのに」
真歩ちゃんの表情は少し寂しそうだけど、うれしそうにも見える。
お互いが、お互いを想い合ってるのがよくわかる。
「今は付き合ってるんだよね？」
小さな真歩ちゃんの頭が、小さく縦に動いた。
「真歩ちゃんから告白したの？」
「うん、徹のクラスで大暴れした後にね」
「大暴れ？」
「徹をイジメてるのは誰！って椅子振り回したの。徹に止められちゃったけど」
「それ、真歩ちゃんもイジメられたりしないの？」
「知らない。わたしは徹がいればいいから」
そう言い切る真歩ちゃんは、とても強く見える。
徹君といい、真歩ちゃんといい、本当に小学生？
「ちょっと、そこのふたり！
手が止まってるよ！」
佑実の言葉で、私たちは慌てて作業を再開した。

35ページ
露木 和弥
YOWANE NOTE

9月1日
PM6：00
覚えてはいたんだよ。
でも、まさか、こんな形で祝ってもらえるとは思っていなかった。
君までいるなんてね。
徹にでも連れてこられたんだろうな。
君は迷惑じゃなかったかな。

今日は昼間は引っ越しのバイト、夜は始業式があるから店に行く予定はなかった。
オーナーから電話が来たのは学校の校門を通り過ぎた後。
また人が足りないから来てくれないかって。
始業式なんて、別に出なくても支障はないから
俺は迷わずに出勤すると伝え、今通ったばかりの校門を通り店へ向かった。

店に入ると、もう営業時間のはずなのに、フロアはなぜか

真っ暗で静かだった。
パンッ
突然響く破裂音。
ひとつめの音に続くように、いくつもの破裂音がフロアに響く。
ビックリしたよ。
クラッカーって突然だと、こんなにもビックリするもんなんだな。
ろうそくを灯したケーキを運ぶ徹。
ハッピーバースデーの曲を歌う君。
気が付いたら、真歩ちゃんや浜本さんまでいて、オーナーに真澄さんまで一緒になって歌ってる。
恥ずかしくて、
嬉(うれ)しくて、
言葉にならない。
とりあえず、徹の頭をぐしゃぐしゃにしてやった。

「早く吹き消してよ！」
徹の言葉に従い、俺は目だけで周りを見た後、ケーキの上で揺れる火をひと吹きで消した。
「誕生日おめでとう!!」
「おめでとう」
みんなからの『おめでとう』がくすぐったい。

明るくなった店内には大きく　お誕生日おめでとう　の文

字と、きれいな飾り付けがしてあった。
「ここまでしなくてもいいのに、
……ありがとう」
柔らかくあたたかいものが、俺の中を満たしていく。
「よし！　じゃあみんな席に座って」
オーナーがこの場を仕切る。
みんなに繋(つな)がりなんてないはずなのに。
こんな風に集まってくれるなんて。
なんか変な感じ。
うれしいのに、どこかムズムズする。

岩崎さんはいつもとは違う、見慣れない服を着ている。
今まで見たのは、シンプルなデザインの組み合わせ。
だけど、今日の服はレースも付いていて可愛い感じ。
淡い水色のその服は、左手に着けている腕時計ともぴったりで、似合ってる。
諦めたはずなのに、な。
俺の想いとは裏腹に、目は岩崎さんを追ってしまう。
「お姉さんはこっち！」
岩崎さんが座ろうとしたところを徹が止め、
徹が座るだろうと思っていた俺の隣に、無理矢理座らせた。
徹のバカ、余計なことすんな。
「ごめんね」
「ううん」
覗(のぞ)き込むようにして、向けられた視線。

目を逸らさないようにするだけで、精一杯。
「ねぇ、私が誕生日にここに来たこと覚えてる？」
「覚えてるよ」
俺は即答した。
当然でしょ？
忘れるわけがない。
今でも、鮮明に思い出すことができる。
何か言いたげな、不思議な視線。
今思えば、あれは俺に驚いていたんだよね。
ノートの持ち主である俺が、突然現れたから。
ご両親は俺にとって大切なお客様だったから、
何かしたくて、
俺は誕生日ケーキの文字を書かせてもらったんd。
下手な字だったよな。
今思い出しても恥ずかしい。
「あの時は下手な字を食べさせて悪かったね」
「美味しかったよ？ それに、今日は私が書かせてもらったから、これでおあいこ」
恥ずかしそうに笑う君に、俺は視線を逸らした。
見覚えのある文字が、チョコのプレートに描かれていた。
目の前に置かれたケーキから、チョコのプレートだけを手に取り、口にする。
「ん、字は下手だけど味はおいしい」
「ひとこと余計だね」
すねるような表情。

そんな表情を見た俺は、また新しい君を見れたことに喜んでしまった。
「冗談だよ。
ありがとう」

徹がバカをやり、
真歩ちゃんが叱り、
そこに加わり騒ぎを大きくする、浜本さんと岩崎さん。
その光景を微笑ましく見守るオーナーと真澄さん。
みんながいる……この空間が気持ちいい。
ふと、どうしてここにいるんだろうと思ってしまう。
ここに、俺はほんとにいるんだろうか。
ふわふわと現実感のない、こんな時間を俺は経験したことがない。
こんなに、うれしくていいのかな。
これで、いいのかな。
今までとは違う誕生日が、心地良過ぎて、
怖いとさえ、感じてしまう。
ずっと、ずっと、こんな時間が続けばいいのに。

「もう遅いから、お開きにしようか」
オーナーのひと言で楽しい時間が終わりを告げる。
「俺、片付けますよ」
「バカかお前。
主役に片付けさせるわけないだろ」

「そうよ、あなたたちは帰りなさい」
これをふたりで片付ける？
結構派手に散らかってるけど。
「兄ちゃんはお姉さんたちを送ってあげなよ。
片付けは僕が手伝うから」
「え？」
「そうだな、そうしろ和弥」
徹の言葉に賛同するオーナーは、俺の言葉を待たずに片付けに取りかかる。
「徹！とりあえず、全部運ぶぞ」
「うん！」
できれば避けたかったけど、仕方ない。
「わかりました。
じゃあ、岩崎さんと浜本さんを送ってきます」
「あ、私は親がここに迎えにくるから、奈緒を送ってあげて」
……ってことは送るのは岩崎さんだけ、か。
大丈夫、俺は諦めたから。
ふたりきりでも……大丈夫。
俺の心臓の鼓動は大丈夫だと言ってない。
「じゃあ、行きますか」
「うん、お願いします」

扉を開き、岩崎さんが通るのを待ってから俺も出ようとする。

「兄ちゃん、待って！
俺からの誕生日プレゼント」
差し出されたのは、1通の青い封筒。
「今すぐ見て！」
「あとじゃダメか？　外で岩崎さんが」
待ってるから　その言葉は徹に遮(さえぎ)られる。
「今！」
徹の強い口調に負けて、俺は封筒を開けた。
そこに入っていたのは、4分割に破られた1枚の写真。
水族館で撮った、岩崎さんとの写真。
丁寧(ていねい)に、テープでとめてある。
……捨てたはずなのに。
どうして……。

8月28日

PM11：30

家に着いた俺は、机とテレビしかない部屋で横になった。
ポケットの中で震(ふる)えるケータイ。
画面は親戚からの着信を知らせている。
「はい、露木です」
「おばちゃんだけど」
「こんばんは」
「こんばんは。
ごめんね、そっちはもう遅い時間よね？
もう寝てた？」

「今、バイトから帰ったところです」
「そう、お疲れ様」
「どうしたんですか？
電話なんて珍しいじゃないですか。
誰かに、説得しろって言われました？」
「ん？　まぁそんなとこね」
「徹は渡しませんよ」
「わかってる。
私は、あなたが望むならそれでいいと思ってる」
この人は昔と変わってないな。
母さんの妹である彼女は、いつも自分の価値観のみで判断する。
母さんがトラブルを起こす度に親戚中から批判されてきたが、
彼女だけは冷静に客観的に母さんのことを見ていた。
「ごめんね、姉さんのこと助けてあげられなくて」
「おばさんが謝ることじゃないよ。
気付いてあげられなかった俺が悪い。
それに、そんなとこからじゃなにもできなくて当然だよ」
おばさんは今、イタリア住んでいるから。
「あなたはすっかり大人になったわね。
ううん……私たちがそうさせてしまったのかな」
俺は何も言えなかった。
違うと言いたいが、助けてもらいたかったという本音が、
俺の邪魔をする。

「姉さんにはもっと自分でどうにかしてほしかったのよ」
知ってる。
おばさんだけは、母さんがやり直せると言ってくれていた。
だからこそ助けないとも、言っていた。
「和弥、徹を育てるなら、覚悟しなさい。
自分で選んだ道なら、私は助けないわよ？
保護者になることは、それだけの責任を負うということよ。
それに、人ひとりを育てるというのはあなたにとって大きな足かせになる。
自分を犠牲にしなきゃいけない。
やりたいこともできない。
好きな人だって諦めなきゃいけない時がくるかもしれない。
……それでも、あなたは徹を引き取るの？」
おばさんの声は、10年前に会った時の厳しい表情を、俺に思い起こさせた。
「俺は今までもそうやってきた。
徹は、俺が育てます」
受話器の向こうで、一息つくのが聞こえる。
「あんたなら、そう言うと思ってたわ。
……本当にどうしようもなくなった時は、私に電話をしなさい。
助けてはあげないけど、相談には乗ってあげる。
……それから、和弥。
あんたは自覚しなさい。
自分がまだ子供だということを。

あんたができることは多いだろうけど、全てをこなせるわけじゃない。
どれだけのことができても、私から見れば、あんたはまだまだ子供よ。
私を含めて、利用できるものは利用しなさい」
そう言って遠い地からの声は途絶えた。
おばさん……助けないんじゃないの？
矛盾してるよ？

電話の終わった俺は、時間を確認する。
なめらかに動く秒針は、音を出さずに動き続けながら時間を示す。
8月29日
AM 0：00
結構喋(しゃべ)ったな。
おばさんとの会話で熱くなった頭のまま、引き出しから写真を取り出した。
これを見るたびに思い出す、揺れる光に照らされた、優しい表情。
そして、彼女を好きだっていう自分の感情。

だけど……この写真を見るのは、これで最後。
君が好きだからこそ、怖いんだ。
裏切ること。裏切られること。
……結局俺は、臆病なだけなんだと思う。

でも、それでいいと自分に言い聞かせた。
俺には、徹以上に大切なものなんてないんだから。
溢れる気持ちを抑えつけ、振り切るようにして、
……縦に１回、横に１回、写真を破り、捨てた。

……好きだから、
好きだとは伝えない。
知れば知るほど、俺はきっと
君のことをもっと……好きになってしまうから。

９月１日
PM９：15
捨てたはずの写真は、徹によって
また俺の手の中に戻ってきた。
俺を見上げる徹の表情は、さっきまでとはちがって怒っているように見える。
「兄ちゃん、なんでもそうだけどさ、一度捨てたらもう戻ってこないんだよ？
大切なものは大事にしなきゃ」
「なんで拾った？
俺は捨てたんだよ」
俺はイライラしていた。
お前のためなのに……。
「そうなの？　僕はてっきり徹のために！とか思って捨てたんだと思ったけど」

徹の言葉に、俺の汚い部分がビクッと反応する。
「ねぇ、兄ちゃん……僕のせいにしないでよ」
「…………」
徹はさらに痛いところをまっすぐに突き刺す。
電話を、聞いてたのか？
「やってみてから考えてよ。
やる前から、僕や、家のせいにして諦めないで。
僕は僕で頑張るから。
お願いだよ。
お姉さんが好きなら……告白してきてよ」
そう言う徹の目は、今にも涙が溢れ出しそうで、
それを見たくない俺は、涙がこぼれる前に店を出た。

シンとした夜の空気の中で、ふたりの足音だけが聞こえる。
まるで、この世界にふたりだけ取り残されたような、そんな感じ。
月の姿は雲によって遮られ、うっすらとしか見えない。
俺の頭の中は、ぐちゃぐちゃ。
いろんな感情が、これまでにないほどかき混ぜられて、わけがわからない。
俺は、苦し紛れに質問する。
「そういえば、なんで岩崎さんたちまで来てくれたの？」
「徹君に誘ってもらったの」
やっぱりあいつか。
「ごめんね、迷惑かけて」

「そんなことない！
誘ってもらえて良かったよ！」
「ならいいけど、あいつなんか変なこと言ってなかった？」
俺が岩崎さんを好きだとか……。
「特になにも」
よかった。
「そうだ！　改めて、お誕生日おめでとう」
満面の笑顔の君は、月の光で影ができて、不思議な空気を生みだす。
「ありがとう」
「これ、よかったら使って」
リボンが添えられた小さな箱が差し出される。
「開けてもいい？」
「どうぞ、気に入るといいけど」
中から出てきたのは、キーケース。
龍があしらわれたデザイン。
「露木さんは、強いイメージだったから」
「強い？」
「うん！　龍ってさ、実在しないでしょ？
でも、みんなが強いって知ってる。
露木さんは、目には見えない強さを持ってるから、
私の中で重なったの」
「強いなら……あんなノートは書かないよ」
俺は、自分の中で汚いものが流れるのを感じた。
「そうかな？　少なくとも、私には誰よりも強く見えた」

「…………」
「ノートでの露木さんは、私が知ってる誰よりも前向きで、
一生懸命で、
思いやりがあって、
苦しんでいるように……感じた。
私が……ノートの代わりになりたいって思うくらい」
「ノートの代わり？」
「そう、誰よりも近くで露木さんを支えたい、
誰よりもそばにいたいって」
「なんか、告白みたいだね」
俺は、からかうように言った。
イライラしている自分が抑えられない。
だって……俺が弱いことを、岩崎さんは知ってるでしょ。
みるみるうちに、岩崎さんの顔は赤くなる。
そして、なにかを決めたように顔を上げ、視線を俺に向ける。
「告白は……今から」
大きく心臓が跳ねた。
真っ直ぐに俺を見つめる目。
その中に俺が見える。

岩崎 奈緒子

9月1日
PM 9：30
今日は決意してきたんだ。
告白するって。
本当はもう少し後のつもりだったんだけどね。
露木さんが、告白みたい　なんて言うから。
今しかなくなった。
真っ直ぐに露木さんを見つめ、浅く呼吸をする。
この音、聞こえてるんじゃないのかな？
慌(あわ)てふためく私の心臓。
うるさいよ。
私は、震(ふる)える手で、鞄からノートを取り出す。
それは、私のじゃなくて露木さんのもの。
露木さんを前にしたら、うまく伝えることができない気がして、私は弱音ノートに告白した。
「読んで……ください」
差し出したノートを受け取る露木さん。
紙の擦(こす)れる音が耳につく。

露木さんの目は、ノートの文字を何度も読み返しているように見える。
そんなに長い文章じゃない。
なんで、そんなに読み返すの？
「なんで？」
「え？」
「なんで俺なの？」
理由？
たくさんあるよ。
あるんだけど、私の中は今ぐちゃぐちゃで、すぐに出てこない。
「全部、です。
全部好きなんです」
私、なに言ってるんだろ。
これじゃ、伝わらない。
「俺の全部、知らないでしょ？」
露木さんの表情は、今までに見たことのない冷たいものだった。
突き放すような、そんな雰囲気。
断られる？
私はなんて答えていいかわからず、浮かんでくる言葉をそのまま伝えた。
「全部は、知りません。
でも私が見てきた露木さんの全部が、好きなんです。
私じゃダメですか？

私じゃ、ノートの代わりにはなれませんか?」
ふたりの間に、長い沈黙が流れる。
そこに感じたのは苦しい不安。

どれくらいの沈黙だったんだろう。
私の時間感覚はきっとおかしくなってる。
時間が止まってるように感じるから。
回り始める時間は、私の望むものではないかもしれない。
断られたら……どうしよう。
諦めるしかないんだろうけど、私は露木さん以上に人を好きになることはあるんだろうか。
『お姉さんなら大丈夫』
私の中で、あの日の徹君の言葉が蘇る。

8月28日
AM8:45
徹君は私の目を真っ直ぐに見て言った。
『これはさっきのとは別な、僕からのお願いです。
お姉さんが兄ちゃんのことを本気で好きで、
もし、兄ちゃんに告白することがあったら、
兄ちゃんが何か断るようなことを言っても、無理矢理押し切ってほしいんです。
……兄ちゃんは、自分と相手の立場とか、家のこととか、今までのことをいろいろごちゃ混ぜにして、お姉さんとのこと諦めてるんだと思います。

好きで好きで、仕方ないくせに。
兄ちゃんは自分を殺すことになれてるから、どんなことも我慢しちゃうんだ。
そうやって、僕や母さんを守ってきた人だから。
でも、僕はそんな兄ちゃん嫌(いや)なんだ。
兄ちゃんには我慢しないで、心から笑っててほしいんだ。
だから、お願いです。
兄ちゃんが何を言っても、諦めないで
好きだって……お姉さんの気持ちをぶつけてほしいんです』

9月1日
PM9：35
私は、まだ全部伝えてない。
そう思ったら、自然と言葉が出てきた。
それはノートに書いた言葉。
「露木さんは、私のことをどう思いますか？
私は露木さんを知るごとに、どんどん好きになった。
知り合ってからそんなに経(た)ってないし、たくさん遊んだわけでもない。
好きだっていうこと自体が、迷惑かもしれない。
……露木さんの全てを知っているわけじゃないけど、弱さも強さも含めて、私の知っている露木さん全部が好き。
私じゃ露木さんを受け止められないかもしれないけど、私を好きになってくれませんか？

あなたが好きです。
私と……付き合ってください」
一息に、ノートに書いた言葉を口にした。
なんだ、言えるじゃん、私。
ここから先は、ノートにも書いてない。
「私に、ノートに書くように、弱音を吐いてください。
あなたが好きだから、あなたの力になりたいから。
……私じゃ、ノートの代わりなれないかな？」
私を見る露木さんの目が、少し揺れたように見えた。
少しは、私の気持ち届いたかな。
今までの想いをぶつけるように、私は言葉を続けた。
「私、今ここで断られても、
振り向いてもらえるまで、絶対に諦めない。
私は、弱音ノートのおかげで強くなれたから」
視線が……絡み合う。
「想い続けることは、許してくれるよね？」
「それは、岩崎さんの自由だと思う。
でも……俺は、君を裏切って傷つけるよ？
それでもいい？」
そんな質問いらない。
だって、答えは決まってる。
「いいよ。傷つけられてもいい。
だから、そばにいさせて」
「なんで？」
「え？」

「なんでそんなに強いの？　怖くないの？
俺は君を裏切って傷つけるって言ってるんだよ？」
「私は強くない。
強く見えてるなら、それは露木さんを好きになったから、そう見えるんだよ。
私は、裏切られても、傷つけられても露木さんと一緒にいたい」
「俺のことを知ったら嫌いになるかもよ？」
「ならない自信がある」
「どこにあるの、その自信」
「私の中に」
「……俺より強いね」
「露木さんにもらったものだから、分けてあげる」
「勝てそうにないな」
「これだけは、負ける気がしない」
露木さんは諦めたように柔らかく笑った。
「俺も君が好き」
言葉が音になって、耳に届く。
私の喜びに重なるように、涙がこぼれた。
うわあ────────────── !!!
って叫びたい気分。
わかるかな？
私の気持ち。
…………わかってもらわなくていいや。
これは、私だけのもの。

「岩崎さんはさ、俺が強いって言ったけど、人の強さって何だと思う？」
興奮が冷めきらない頭でも、すぐに言葉が浮かんでくる。
だって、目の前の人のことを言えばいいんだから。
「露木さんはさ『弱音を思い浮かべる人が弱い人』って思ってない？」
「ちがう？　弱いから、弱音吐くんでしょ？」
「私はそうは思わない。
弱音を吐くのは、その人が苦しい状況にあるってことでしょ？
大きい小さいはあっても、人はやっぱり何かに苦しんだり、悩んだりするんだと思う。
弱音を吐いて、それで自分を弱いって思うのは間違ってると思う。
人の強さはそのあとじゃないかな？……前を向くっていう気持ちじゃないのかな？
私の中での強い人は、自分の弱さを受け止めて、前に進みたいと思える人。
前に進むことができたか、できないかは二の次だよ？
『前に進みたいっていう意思を持てる人』」
露木さんは頷くだけで、なにも言わない。
私の言いたいこと、ちゃんと伝わったかな？

私は忘れていたことを思い出し、飛んでいる気分が少し高度を落とした。
「明後日、引っ越しなんだよね？」
「引っ越し？　明後日は引っ越しのバイトじゃないよ？」
なんか、話がかみ合ってない。
「バイトじゃなくて、露木君が引っ越すんでしょ？」
「俺が引っ越し？　どこに？」
「広島に」
「そんな話、初めて聞いた」
え!?
「誰から聞いたの？　その話」
「佑実が……徹君から」
「……もしかして、それ聞いて俺に告白したの？」
「うん。伝えなきゃって思って」
何かに気付いた露木さんは笑い始めた。
「ハメられたね」
…………え？
うわあ───────────!!!
私はまた叫びたくなった。

37ページ

露木 和弥

YOWANE NOTE

9月1日
PM10：00
真っ直ぐな言葉が、俺の重たい部分を軽くしていく。
……今は、泣くな。
泣いても君は、優しく笑うだけだろうけど……泣く姿はやっぱり見せたくない。
これは、ちっぽけな男のプライド。
俺の思う強さってなんだったんだろ。
なんだか、全部ひっくり返された感じ。
おばちゃんの言ってた通りだな。
俺、まだまだ子供だわ。
もしかしたら、徹のほうが大人かもしれない。
帰ったら、なんて言うかな。
岩崎さんに嘘ついてたから、まずは説教だな。
そのあとは……ありがとう……かな？

露木 徹

8月28日
AM 8：00
僕は兄ちゃんのバイト先の前で、岩崎さんを待ち伏せてる。
ほとんど毎日店に来てるのは確認済みだ。
あの人は、どんな人なんだろ。
少し話した感じだといい人だったけど、兄ちゃんに相応しいかな。
兄ちゃんは僕の自慢だ。
頭もいいし、運動神経もいい。
見た目だってカッコイイ。
でも、自分を殺すことに慣れ過ぎてる。
きっと兄ちゃんは、いろんなことを我慢してきたんだよね。
でもさ、好きな人ぐらいはいいじゃん。
僕のことや、今までのこととか、気にしなくていいんだよ。
もっとわがままいっていいとこだよ。
そこだけは譲らないで、自分の気持ち押し通してよ。
そっから先はまた後で考えればいいじゃん。
兄ちゃんには、幸せになる権利があるんだよ。

ううん、義務かな。

僕は今、わくわくしてる。
だって、兄ちゃんが選んだ人だよ？
いい人に決まってる。
でも、少し試してみよう。
どれだけ兄ちゃんのことが好きか。
いい人ってわかったら、どんな手を使っても
絶対にふたりをくっつけてやる。
僕は、兄ちゃんが幸せじゃないと嫌だからね。

朝の涼しい風が吹き抜け、
遠くから歩いてくる、岩崎さんが見えた。

End

あとがき

初めまして、弥琴といいます。
「弱音ノート」を手にとっていただき、また、最後まで読んでいただきありがとうございます。
心より、お礼申し上げます。

小説を書く……なんてこととは無縁の世界に住んでいた私。
エブリスタさんに入って、誰でも書いていいんだ。
だったら伝えたいことを書いてみよう。
そんな軽い気持ちで書いた、初めての作品が「弱音ノート」です。
少しでも読んでもらう機会を増やしたくて、第3回Seventeenケータイ小説グランプリに応募!!
受賞するなんてまったく考えていなかった私は、予選結果すら見ていませんでした。
　（応援してくれていた方、ごめんなさい）
そして、E☆エブリスタ賞受賞。
サイト上に載ったものを見ても、現実感の湧かない私。
騙されてる？とも思いました。（失礼でごめんなさい）
だって……まさか……ねぇ？
そんなことになるとは思ってなかったんです。
やっと現実だと実感したのは、打ち合わせの際にエブリスタの担当者様、集英社の担当者様とお会いした時です。
あぁ、ほんとうに本になるんだ。ってぼ〜っと考えてまし

た。

「弱音ノート」は、強さってなんだろう。
そんなことを考えて、生まれました。
大人になっていく過程で得ていく、いろんな強さ。
生きていると、時に、和弥のようにどうしようもない出来事にぶつかることがあります。
そんな出来事に立ち向かう強さを感じてほしくて、私はこの物語を書きました。
少しでも、ほんのちょっとでも、何か感じていただければうれしいです。

最後になりましたが、ずっと応援してくれたエブリスタ読者の皆様、エブリスタの皆様、集英社の皆様、たくさんの言葉でヒントをくれた担当者様、書籍化にあたりご尽力いただいた全ての皆様、そして今、この本を手にとりここまで読んでくださった皆様。
本当に、ありがとうございました。
心より、お礼申し上げます。

いつかまた、このような形でお会いできることを夢見て、これからも活動していきたいと思います。

弥琴

★この作品はフィクションです。実在の人物・団体・事件などにはいっさい関係ありません。

ピンキー文庫公式サイト

pinkybunko.shueisha.co.jp

著者・弥琴のページ
（ E★エブリスタ ）

★ ファンレターのあて先 ★

〒101-8050　東京都千代田区一ツ橋2-5-10
集英社 ピンキー文庫編集部 気付
弥琴先生

♥ピンキー文庫

弱音ノート
―ヒミツの放課後、恋のはじまり。―

2013年8月28日　第1刷発行

著　者　　弥琴
発行者　　鈴木晴彦
発行所　　株式会社集英社
　　　　　〒101-8050　東京都千代田区一ツ橋2-5-10
　　　　　電話　03-3230-6255（編集部）
　　　　　　　　03-3230-6393（販売部）
　　　　　　　　03-3230-6080（読者係）
印刷所　　図書印刷株式会社

★定価はカバーに表示してあります

造本には十分注意しておりますが、乱丁・落丁（本のページ順序の間違いや抜け落ち）の場合はお取り替え致します。購入された書店名を明記して小社読者係宛にお送り下さい。送料は小社負担でお取り替え致します。但し、古書店で購入したものについてはお取り替え出来ません。なお、本書の一部あるいは全部を無断で複写複製することは、法律で認められた場合を除き、著作権の侵害となります。また、業者など、読者本人以外による本書のデジタル化は、いかなる場合でも一切認められませんのでご注意下さい。

©YAKOTO 2013　Printed in Japan
ISBN 978-4-08-660088-0 C0193

幼い日に白詰草の指輪をくれた王子様は誰？ 再会したあの人…？ 切なすぎるピュアラブに涙が止まらない——。

シロツメクサ①
四つ葉の指輪。はつ恋の約束。

白雪まろん

幼いころ、両親を亡くして天涯孤独となった少女、深月。でも、ちっとも寂しくなかった。深月には「ショウ君」という王子様がいて、大きくなったら深月を迎えに来てくれると約束していたから…！ そして高校1年の時、ボランティアで通う病院で、不思議な男の子と出逢った深月は…!?

好評発売中　ピンキー文庫

一年に一度、夏祭りに一緒に行く幼なじみのショウゴ。でも、ショウゴには本気で好きな人がいて——。切ないこの初恋は実るの…？

通学日
~君と僕の部屋~

みゆ

親友たちの彼氏とのラブラブ話を聞きながら、チカが考えているのは幼なじみのショウゴのこと。付き合ってはいない…けど、誰かと付き合うならショウゴと…とひそかに思っている。でも、文化祭で他校に通うショウゴに会いに行ったチカは、彼には本気で好きな女の子がいることに気付いて…!? 切なくてやさしい、大人気「通学」シリーズ第9弾！

好評発売中 **ピンキー文庫**

「…秘密を、つくろうか」
彼からの、突然のキス――。
ミコと牧瀬の甘酸っぱい胸きゅんラブは、
やがて周囲も巻き込んで…!?

君と私の関係図

キス。のち秘め恋。

睡蓮華

彼と共有した時間は、長い。高校は違うけど、同じ電車、同じ車両に乗るようになった。通学電車で向かい合って座っているだけの関係……それ以外、もう接点はないと思ってたのに…！　車内での突然のキスは、彼と私の関係図がどんどん変わってゆく合図!?　セブンティーン携帯小説グランプリ「ピンキー文庫賞」受賞作！

好評発売中　ピンキー文庫

♥ピンキー文庫 大好評「危険男子」シリーズ!

危険男子、上等!

蒼葉

すごく意地悪でむちゃくちゃイケメンの5人の先輩方を、私が一人でお世話するんですかっ…⁉ 5人の危険男子+姫乃さくら15歳の前途多難な高校生活が始まる!

危険男子、上等! 2

蒼葉

5人の「SB(Strongest Boys)」に愛されまくる日々を送るさくらは、体育祭で伝説の「竹刀姫」だった過去を大暴露‼ …さくらとSBのトキメキ&ドキドキDAYS第2弾!

危険男子、上等! 3

蒼葉

情報屋Haruがさくらに近づいてきたことをきっかけに、新たなる勢力の影がSBとさくらに忍び寄る…! ますます愛されMAX‼ ぶっちぎり人気シリーズ第3弾!

関東No.1暴走族の幹部たち×
伝説の喧嘩最強訳あり
女子高生「椿鬼(つばき)」――。
駆け抜けるトキメキ青春ストーリー!!

椿鬼
―イケメン総長に愛された最強姫―

早姫

最強姫でありながら、ある理由でチームを裏切り、追われる身となった少女、美愛(みあ)。身を隠すために転校したのは、関東トップの暴走族"暁(あかつき)"の幹部たちが通っている高校だった――。どうしても暴走族と関わりたくない美愛と、どうしても美愛に惹かれてしまう彼らのトキメキ&爆音上等デイズ。夜露死苦!

好評発売中　♡ピンキー文庫

高校と学年と名前しか知らない同じ駅を使うだけの人。
でも…好き。そんな彼との期間限定のシンデレラ物語!?

駅彼
―それでも、好き。―

くらゆいあゆ

2年前、通学途中の駅で1分喋っただけの人、三浦瞬。2年間の想いにけじめをつけようと、夏林が告白を決意したその日の朝、とんでもない事件が起きて、大好きな彼と期間限定の「カレカノ」関係に!?
セブンティーン携帯小説グランプリで圧倒的支持を得た、さわやかピュアラブ！

好評発売中 ピンキー文庫

ずっと幼なじみのままがよかった…

推定幼なじみ
上

榊あおい

奥村実咲は、中2のバレンタインに幼なじみの律ちゃんと初めてキスをした。あの日以来、あたしたちの関係はすごく曖昧に…。ただの幼なじみ、恋人、友達…。どれにも当てはまらない関係は、推定幼なじみ!?

二人が見つけた、本当の恋とは!?

推定幼なじみ
下

榊あおい

中2のバレンタイン以来、曖昧な関係になってしまった実咲と律也。二人は、「ただの幼なじみ」「恋人」「友達」のどれでもない、もどかしく切ないキラキラの日々を重ねていき…。胸きゅん幼なじみラブ、完結編！

好評発売中 ピンキー文庫